꿈꿀
권리

꿈꿀
권리

어떻게 나 같은 놈한테
책을 주냐고

느티나무도서관 관장
박영숙 지음

alma

차례

사람이 사람에게 책을 건넨다는 것은

"그거 알아요? 느티나무지~인짜 이상한 도서관이라는 거? 아무리 생각해도 이게 말이 안 돼."

열한 살 때부터 도서관에 다니다 스물을 넘긴 아이다. 그 아이가 한 해 동안 도서관 인턴이 되어 일도 배우고 돈도 벌면서 지내고 있을 때였다. 도서관 문을 닫으려면 아직 시간이 좀 남았는데 사무실로 들어와 의자에 털썩 몸을 부리더니 딴죽을 걸었다. 깡마른 긴 다리를 팔걸이에 걸치고 흔들대는 폼을 보니 진짜 기분이 나쁜 건 아니다. 녀석, 또 무슨 억지를 쓰려고 저러는지.

"그걸 이제 알았냐? 근데 오늘은 또 뭐가 그리 이상하셔?"

"아무리 생각해도 말예요. 어떻게 나한테 책을 주냐고, 그니까 어떻게 나 같은 놈이 책을 볼 거라는 생각을 하냐고요, 응?"

"…."

쿵! 커다란 바위가 떨어진 것처럼 온몸을 흔드는 진동으로 어지럼증이 일었다. 기껏해야 또 까다롭게 애를 먹인 이용자 흉을 보거나 도서관 일이 힘들어서 자기가 곧 죽을지 모른다는 엄살이겠거니 하고 응석을 받아주려던 참이었는데, 말을 잃고 말았다.

순간이었다. 사람이 사람에게 책을 건네는 일이 어떤 의미인지 깨달은 건. 그리고 그 깨달음을 준 건 포럼이나 세미나에서 만난 전문가들이 아니라, 간신히 초등학교만 졸업하고 도서관 역대 최고 말썽쟁이의 명성을 누리다가 이제 막 청년이 된 아이였다.

아이가 던진 한마디가 물결을 일으키면서 이태 전의 기억이 떠올랐다. 하늘에 구멍이 뚫린 것처럼 비가 퍼붓던 여름밤, 전화벨이 울렸다. 자정을 넘기고 걸려오는 전화에 무조건 온몸이 얼어붙는 증상은 벗어난 지 오래였다. 이제는 통화버튼을 누르고 몇 초 안에 반응이 결정된다. 기준은 수신자부담 여부. 곧바로 사람 목소리가 들리면 진짜 비상상황이다. 대체로 119 구급대원이나 경찰이 대신 전화를 건다. 1541 수신자부담으로 전화를 걸었다는 건 그리 긴박한 상황은 아니라는 신호다.

수신자부담으로 걸려오는 전화의 용건은 대부분 돈이 떨어졌거나 잠자리가 없다는 SOS다. 아이들은 어떻게든 설득력을 더해볼 양으로, 대체로 도입부가 길어진다. '차라리 없는 게 낫겠다'는 말로 시작하는, 새삼스러울 것도 없는 부모에 대한 원망부터 남자친구나 여자친구와 헤어져서 죽을 만큼 힘들다는 넋두리까지. 가끔 잔뜩 뻐기며 자랑을 늘어놓을 때도 있다. 정말 패줘야 할 놈을 만났는데, 사람이 사람 때리는 거 아니라고 만날 도서관에서 읊어댄 것 때문에 참았다,

착한 일 했으니 칭찬하라고.

전화벨이 울리고부터 상황판단을 하고 긴장을 풀기까지는 음성안내 메시지가 재생되는 몇 초면 충분하다. 그런데 그날의 전화는 그동안 익숙해져 있던 순서와 달랐다. 틀림없이 수신자부담 안내 메시지가 나왔으니 이제 넋두리나 자랑이 늘어져야 하는데, 반전이었다.

전화기는 울음소리를 쏟아냈다. 밑도 끝도 없이 간장님, 간장님(도서관아이들은 도서관 관장이었던 내 직함을 '간장'이라 불렀다), 하며 울어댔다. 엉엉, 이 아니라 꺼이꺼이. 그 아이였다.

"무슨 일이야, 응? 지금 어디니?"

철렁 내려앉는 가슴을 추스르느라 다그치듯 질문을 퍼붓는데, 목구멍까지 울음이 차오른 아이는 대답도 못하고 울음만 토해냈다.

"내가…, 암이래."

한참을 울고 나서야 간신히 건져 올린 아이의 한마디는 빗소리, 울음소리에 뒤섞였다.

"뭐라고? 다시 말해봐. 잘못 들은 것 같아!"

"나보고 암이래, 암!"

세상에, 그럴 리가, 아냐 잘못 들었을 거야, 기어코 이런 일이!… 온갖 불길한 생각을 밀쳐내느라 아이를 나무라듯 소리쳐댔다. 무슨

소리냐, 누가 그러더냐, 턱도 없는 소리 마라, 그런 병은 무지 비싸고
복잡한 검사를 해봐야 알 수 있는 거다, 아무 말도 없었으면서 언제
병원에 갔던 거냐, 어느 병원이냐, 의사가 그랬어도 오진이라는 게
얼마나 많은 줄 아느냐….

'암'이라는 낱말은, 수많은 사람들에게 그랬을 것처럼, 냉동창고
에 머리를 들이민 듯 온몸을 얼어붙게 만들었다. 사람의 신경계에는
비상상황이 감지되면 자동으로 작동하는 대처시스템이 있는 게 틀
림없다. 한 손으로는 줄도 없는 전화기가 아이에게 닿는 끈이라도 되
는 양 있는 힘껏 꽉 붙잡고 소리를 질러대면서도, 다른 한 손으로는
바지를 꿰입고 지갑과 자동차 열쇠를 챙겨 어느새 현관에 서 있었다.

"세차를 하고 나오던 어떤 여자가 갑자기 차에서 내리더니 뺨을
후려치는 거예요. 막 욕을 퍼부어대면서. 나 같은 놈들 때문에 세상
이 이 지경이라고. 내가 이 사회에 암이라고!"

아이는 주유소 아르바이트생으로 일하고 있었다. 그날도 주유소
에 딸려 있는 터널 모양의 자동세차기를 빠져나온 자동차의 유리창
과 거울의 물기를 거둬내는 일을 맡고 있었던 모양이다.

무슨 이유였는지 자세히 묻진 않았다. 아이가 뭔가 실수를 했을지

도 모르고, 하필 그 손님이 기분 나쁜 일을 겪고 오는 길이었을지도 모른다. 어쨌든 잔뜩 화낼 준비가 되어 있던 그 손님에게 아이가 '그렇게 취급해도 될 만한' 상대로 분류됐을 거라는 상황은 쉽게 짐작할 수 있었다. 후텁지근한 날씨에 민소매 셔츠를 입은 아이의 팔은 어깨부터 손등까지 빈틈없이 문신으로 덮여 있고 헤어스타일은 10리 밖에서도 알아볼 만큼 튀었을 테니, 한눈에 불량기 넘치는 '한심한' 존재로 비쳤을 것이다.

느닷없이 봉변을 당한 아이는 그 손님을 밀치며 가만두지 않겠다고 악을 써댔고, 조수석에 앉아 있던 운전자 일행은 신고를 해서 경찰까지 출동했다고 한다. 주유소가 발칵 뒤집혔을 것이다.

내 속도 뒤집혔다. 당장 달려가 따지기라도 할 기세로 어떻게 생겼더냐, 어디 사는 누구냐, 널 언제 봤다고 그리 함부로 하느냐, 왜 그때 바로 연락하지 않고 이 한밤중에 사람을 놀래키느냐, 화도 내고 나무라기도 하면서, 생각했다.

'다행이다. 그런 말을 듣고 네가 아프구나. 그래, 아프면 됐다. 살아 있다는 거니까.'

아이는 울었다. 재수 없다고, 미친년이라고 한바탕 욕을 퍼붓고 말수도 있는데, 꺽꺽 울었다. 20년 전 어느 날, 엄마가 저희 형제를 버렸다는 걸 문득 깨달았을 때 뻥 뚫려버렸을 그 구멍이 텅텅 울리도록 울었다.

갑자기 밀어닥친 기억에서 빠져나오며 간신히 한마디 대꾸를 했다.

"녀석, 새삼스럽긴. 느티나무가 이반 도서관인 거 몰랐냐?"

아무래도 제도나 틀에서 자유로운 사립도서관이다보니 일반적으로 떠올리는 도서관의 이미지와 다르다고 해서, 우리는 자칭 '이반 (2반)' 도서관이라 부르곤 한다. 우스갯소리만은 아니다. 일반(1반) 도서관들이 조금씩 달라지면 좋겠다는 바람과 달라질 수 있을 거라는 기대를 담은 말이다. 우리가 그 변화에 힘을 보탤 수 있기를 바라면서 '자발적인 아웃사이더'가 되어보자는 다짐이기도 하다.

"자, 이반 도서관 인턴! 심심한가 본데 이리 와보셔."

한껏 게으름을 피우던 아이의 팔을 잡아당기니, 파드닥 도망치는 시늉을 하며 엄살을 떤다.

"왜! 또 책 읽어줄라 그러지?"

"응."

기어코 아이를 데리고 열람실로 가서 도서관 문 닫을 무렵이라 수북이 쌓인 책들을 주섬주섬 정리하고는, 책 읽어주는 온돌방에 벌렁

누웠다. 그러고는 이제 나보다 한 뼘도 넘게 커버린 아이에게 읽어줄 책을 고르느라 눈으로 서가를 훑었다.

"대체 누가 책을 이렇게 거꾸로 꽂는 거야!"

따라와서 곁에 누우려던 아이는 그 한마디에 반색을 하더니, 목소리에 다시 활기가 실린다.

"아이구, 말도 마셔. 거꾸로 꽂기만 하는 줄 알아? 이거 봐 이거, 2층 책이고 다락방 책이고 그냥 무더기로 팍 던져놓고 간다니까….."

공치사에다 이용자들 흉까지 봐대면서도 어느새 잘못 꽂힌 책들을 익숙하게 추려내더니, 그림책을 서너 권 뽑아서 읽어달라고 내민다. 제가 언제 책 읽어줄까봐 도망을 쳤냐는 듯이.

보는 사람마다 '너는 이 사회에 암 같은 존재'라고 쏘아붙이는 세상 한 구석에서 만난, 책을 건네는 세상. 도서관은 아이에게 그런 곳이었다.

10년이 넘도록 도서관운동에 매달려 살던 나에게 도서관이 있어야 할 이유를 가르쳐준 건, 책을 보기 위해서가 아니라 밥을 얻어먹거나 돈이 될 물건을 훔치거나 하룻밤 잠자리로 삼기 위해 도서관을 드나들면서 '도서관아이'로 불리게 된 청년이었다.

'어떻게 나 같은 놈한테 책을 주냐'는 한마디로 비로소 알았다. 책을 건넨다는 건 존엄함에 말을 거는 일이었다. 지금 그가 어떤 모습이든 상관없이 언제든 그 책을 펼쳐 읽을 '수도' 있고, 그 속에 담긴 메시지가 가슴을 뛰게 만들 수 있다는 믿음, 그리고 그의 잠재력과 배움과 꿈에 응원을 건네는 일이었다.

누구나 생명을 지니고 태어난 인간으로서 서로의 존엄함에 말을 거는 만남이라니! 도서관으로 더 나은 세상을 꿈꾼다는 건 그렇게 가슴 설레는 일이었다. 느티나무가 도서관운동을 이어가는 이유이자 힘이다.

01

함께 흔들리다

우리는 도시인이 두려움과 불안으로 답답해진 사람들의

생각과 감정을 흔들어 놓기를 바란다

책을 펼쳐놓고 벌이는 대화와 사유와 토론으로

풍경을 앞으게 하고 건축물을 남기기를 바란다

세상은 모리를 읽은 사람과
읽지 않은 사람으로

"우리 모두 찾는 게 바로 그거잖아. 죽어간다는 생각과 화해하는 것. 결국 우리가 궁극적으로 죽어가면서 평화로울 수 있다면, 마침내 진짜 어려운 것을 할 수 있겠지."
"그게 뭔데요?"
"살아가는 것과 화해하는 일."

— 미치 앨봄, 《모리와 함께한 화요일》, 세종서적, 1998, 183쪽

혼자 보기 아까운

"모리! 그거 죽음에 대한 얘기더만. 어떻게 살아야 잘 죽을 거냐, 그니까 그게 말하자면 잘 살아야 된다. 뭐, 그런 얘기더라구. 맞죠? 응? …."

전화벨 소리에 휴대폰을 열자마자 아이는 폭포처럼 이야기를 쏟아냈다. 잘 지냈느냐 밥은 먹었느냐 물어볼 틈도 주지 않았다.

"근데 이 책이 지~인짜 좋은 책인 게, 내가 어지간하면 진짜 이렇게 두꺼운 건 다 못 읽거든요. 솔직히 이거 빌려오면서도 다 볼 거라고는 당근 생각도 안 했거든. 근데 읽다 보니까 중간에 도저히 그만 볼 수가 없더라구. 어제오늘 딱 이틀 만에 다 읽은 거야. 밤 홀딱 새워 가지구 지금 일 가는데 졸려 디질 거 같다니까. 첨부터 끝까지 다 읽었네요, 진짜. 못 믿겠으면 물어봐봐요. 모리가 이거 쓴 사람 학교 다닐 때 선생 이름인데, 그 선생이 무슨… 파킨슨병? 암튼, 그런 병에 걸려가지구 쫌 있으면 죽게 됐을 때 다시 만난 거야. 제목을 화요일이라구 한 게, 그 선생을 화요일마다 찾아간 거더라구. 가서 무슨 심각한 얘기를 맨날 하는데, 그니까… 그게 철학 같은 거 아닌가? 맞죠? 철학. 암튼 그래서 이 사람이 찾아갈 때마다 이야기가 하나씩 딱 끝나구 다음번에 가면 또다른 얘기가 나오구. 그래서 술술 넘어가더

라니까. 진짜 딱 이런 게 좋은 책인데. 모랄까, 막 심각하긴 한데 그게 쫌… 어떻게 살 건가, 그냥 막 살 게 아니구나, 그런 생각이 들게 만든 다 그래야 대나? 그렇더라구….”

　세상에…. 도서관장으로 10년을 넘기며 수많은 서평을 보았지만, 그렇게 펄펄 살아 있는 독후감은 처음이었다. 독후감의 대상이 된 책은 많은 독자들이 이미 짐작한 대로 미치 앨봄의 《모리와 함께한 화요일》(세종서적, 1998)이다.

　일하러 가는 길인데 책 보느라 잠을 못 잤더니 졸려서 큰일이라고 엄살을 떨면서도, 바삐 걷느라 숨이 차면서도, 아이는 어서 책 이야기를 하고 싶어 전화를 걸었던 모양이다.

　며칠 전 도서관에 다녀가던 날 오늘은 무슨 책을 골라 볼까, 하면서 기어코 책 한 권 빌려가라고 꼬드겼던 게 효과를 본 것이다. 그 뒤로 한동안 아이가 도서관에 나타날 때마다 혼자 보기 아까운 장면이 벌어지곤 했다. 도서관 사서, 독서회원, 자원활동가, 가리지 않고 마주치는 사람마다 대뜸 “모리 읽었느냐”고 물어댔다. 도리질을 하면 혀를 차며 타박을 했다. 어떻게 도서관에서, 그것도 느티나무 같은 도서관에서 사서를 하고 독서회를 한다면서 모리도 안 볼 수가 있느냐고. 마치 갓 출산한 산모에게는 온 세상 사람이 아이를 낳아본 사람과 낳지 않은 사람으로 나뉘는 것처럼, 아이는 한동안 세상 사람들을 모리를 읽은 사람과 읽지 않은 사람으로 구분했다.

'책 따위'와는 거리가 멀어도 한참 멀 것 같은 아이들이 그렇게 책을 만났다. 새로 여자친구나 남자친구가 생기면 책을 사들고 나타나기도 했다. "내가 어려서부터 다니는 도서관이 있는데 같이 가볼래? 오랜만에 가는 거니까 책이나 한 권 사갖고 가자" 하는 모양이다. 한껏 어깨에 힘주고 거들먹거렸을 걸 생각하면 나도 덩달아 어깨에 힘이 들어갔다.

'자, 보시라! 도서관이 이렇게 다양한 기능을 한다는 사실, 알고 계시는지?'

그렇다고 책선물이 반갑기만 한 건 아니다. 어쩜 그렇게 도서관에서 좀체 사지 않을 책들만 골라서 사오는지. 틀림없이 서점 입구에 놓인 베스트셀러 판매대에서 제일 눈에 띄는 제목이나 표지를 보고 골랐거나, 서점 직원에게 '잘 나가는 책'을 달라고 해서 사왔을 것이다.

가진 게 없어도 책을 들고 있으면 '간지난다'고 생각하는 건 어찌되었든 반가운 일인데, 실제로 책을 '읽는' 건 또다른 문제였다.

정말 스펙터클한 스펙

그렇게 책은 영 '땡기지 않
는다'면서도 책과의 끈은 놓지 않던 청년들과 독서모임도 시도했다.
준비모임을 갖던 날, 틀림없이 책 읽는 모임이라고 했는데도 꾸역꾸
역 모인 아이들이 반갑고 기특해서 한껏 분위기를 띄웠다.

"가방끈 짧다고 걱정할 것 없어, 너희들은 여기 있는 책 언제든 볼
수 있잖아. 살면서 필요한 거 다 알 수 있는 거지. 스펙? 거기에 댈 게
아니다."

아차! 말을 뱉고 나서야 실수했다는 생각에 영어 써서 미안하다,
스펙 말고 뭐라고 해야 하나, 변명을 하는데 한 녀석이 대뜸 나섰다.

"와, 진~짜. 이거 왕 무시다. 스펙도 모를까봐? 스펙터클이잖아요,
스펙!"

이런! 목소리에 힘이 팍 들어간 걸 보니 유머가 아니라 진짜 스펙
이 스펙터클인 줄 아는 모양이다. 할 말을 잊은 멘토들의 표정을 보
고 나서야 살짝 기가 죽는다.

"어… 아냐? 이상하다, 그럴 리가 없는데. 스펙터클 말고 스펙이
또 있었어?"

자원활동가 멘토 한 사람이 그 틈을 타서 이참에 영어공부를 좀 해

보면 어떻겠느냐고 말을 꺼냈다. 자기도 영어를 전공한 건 아니라서 회화에는 자신이 없지만 '그래머grammar'는 도와줄 수 있다고, 어느 정도 그래머가 되어야 회화도 잘할 수 있다는 말까지 덧붙여서.

옆에 있던 다른 아이가 눈을 흘기며 콧소리까지 섞어 한마디 던진다.

"에잉~, 영어공부 얘기 하다 말고 웬 쭉쭉빵빵? 그건 쌤보다 내가 전공일걸…. 히히히."

"…?"

그래머라는 단어로 글래머glamour를 떠올릴 수도 있다는 데 생각이 미치기까지 30초쯤 걸린 것 같다. 그럴 만도 했다. 사실 아이들이 주장한 것처럼 '한 끗 차이'니까. 그래머와 글래머를 나란히 써서 보여주었더니, 그제야 상황을 파악하고 멋쩍은지 사족을 달았다.

"뭐야, 그래머가 두 개나 있었던 거야? 치사하게. 그걸 어떻게 알겠냐구! 그래도 내가 완전 틀린 건 아니네. 그거 뭐, 한 끗 차이구만!"

언제 어디서 또 엉뚱한 소리가 튀어나올지 모르는, 역동적이다 못해 산만한 청년들과 책에 빠져든 풍경을 상상해보시라. 믿거나 말거나.

"느티나무 아이들은 뭘 먹어서 그렇게 당당한 거예요?"

들을 때마다 으쓱할 만큼 기분 좋은 말이다. 도서관에 손님이 찾아

왔을 때 도서관아이들이라고 불리는 청년들을 만나 소개를 하면 대
체로 이런 반응을 보였다.

"아저씨도 박사예요? 어디, 또 서울대? 여긴 뭐 어지간하면 다 박
사고 교수야. 근데 박사도 걍 똑같더만. 우리 간장보다 모르는 것도
대따 많아요!"

집에서나 밖에서나 아이들과 함께 있으면 품위유지는 포기해야
한다는 걸 받아들인지는 이미 오래. 학력이나 지위에 주눅 들지 않는
아이들을 보며 흐뭇함으로 마음을 달래지만, 정말 '뭘 먹어서' 그렇
게 당당할 수 있는지 정확한 이유는 우리도 알지 못했다. 그저 제 이
름을 기억하고 불러주는 사람들이 있는 도서관을 비빌 언덕으로 느
끼는 게 아닐까, 하고 여길 뿐. 언젠가 도벽으로 경찰서에 잡혀간 아
이가 진술서에 '도서관에 와서 처음으로 내가 사람같이 대접을 받는
다는 생각이 들었다'고 써놓은 걸 보았을 때도 그런 생각이 들었다.
그런 순간은 그 뒤에도 종종 있었다. 처음 만난 사람에겐 나이와 상
관없이 "안녕? 난 박영숙" 하고 악수를 청하는 걸 보고 "첨엔 진짜
깼다니까. 어른이 자기 이름 대면서 그렇게 정식으로 인사 하는 거
내 친구들도 다들 태어나서 첨 봤다 그러더라." 핀잔을 주면서도 싫
은 내색 없이 내 말투와 표정을 흉내 내며 놀려댔을 때도 그랬다.

어쩌면 때때로 저희들에게 도움을 청하는 것에서 신뢰를 보았을
지도 모르겠다. 직원이나 자원활동가들이 일에 정신이 팔려서 아이
를 잠깐 돌봐달라고 맡기면, 아이들은 대부분 흠칫 놀라며 당황스러
워했다. 처음엔 어린아이를 돌보는 일이 서툴고 부담스러워서, 아니
면 귀찮아서 그러는 줄 알았다. 실제로 아이들도 느티나무 사람들 뻔
뻔스러운 건 알아줘야 한다, 어떻게 애들까지 맡기느냐고 투덜거리
곤 했다. 그러면서도 엄마보다 더 살갑게 동생들을 돌보는 아이들을
보면서 어느 순간 문득 알게 되었다. 아이를 맡긴다는 건 상대방에
대한 절대 신뢰를 전제로 한 일이고, 아이들은 말로 하지 않았지만
그걸 몸으로 느끼고 있었다는 걸.

시도 때도 없이 책을, 그것도 (아이들 표현을 빌리면) 어린애들이나 볼
것 같은 그림책부터 무슨 소린지 통 알아들을 수 없는 심각하고 두
꺼운 책까지 닥치는 대로 읽어주는 사람들, 간혹 아무렇지 않게 아이
좀 돌봐주라고 맡기는 사람들과 어울리면서 아이들은 청소년이 되
고 청년이 되었다. 그 시간을 보낸 뒤에야 우리도 알았다. '함께한 시
간의 총량'이 어떤 힘을 갖는지를. 도서관에서 학력도 직업도 다양한
사람들과 만나온 세월은 졸업장도 없고 돈도 집도 심지어 가족까지,
없는 게 너무 많았던 아이들에게, 말하자면 '사회자본'을 획득하는

시간이었다. 게다가 눈길 닿는 곳마다 가지런히 놓여 있는 책들은?
말할 나위도 없다. 도서관아이들로 자란 청년들이 입버릇처럼 하는
말이 있다.

"책을 읽지는 않아도 이상하게 전부 내 책 같아. 어떨 땐 내가 꼭
그 책들을 읽은 것 같다니까!"

그런 신뢰와 관계가 쌓인 덕일까, 아이들은 책을 읽는 모임에도 스
스럼없이 함께하겠다고 나섰다. 돌아가며 책을 골라와서 읽어줄 때
도 쭈뼛거리는 법이 없었다. 어느 독서모임이나 그렇지만, 아이마다
어쩜 그렇게 저다운 책을 골라오는지.

공주병 또는 연애박사로 통하는 한 아이는 나이 스물을 넘긴 뒤에
도 언제나 피토가 쓰고 제르베가 그린 《똥 뿌직!》(웅진주니어, 1998)이
라는 그림책을 먼저 골라왔다. 그 책을 보면 어쩐지 눈물이 난다는
아이의 이야기를 듣고 처음엔 모두들 장난인 줄 여겼는데, 아이가 읽
어주는 《똥 뿌직!》은 매번 특별한 느낌을 남겼다. 똥 때문에 토끼를
못마땅해하던 친구들이 골칫거리로만 여기던 토끼 똥으로 만들어진
산에서 신나게 노는 장면에 이르면 누가 어떤 책을 읽어줄 때보다 시
원하게 한바탕 웃음을 터뜨리곤 했다. 더럽고 보잘것없는 존재로 취
급받던 강아지 똥이 제 몸을 녹여 거름이 돼서 민들레꽃을 피웠다는

감동적인 이야기보다도, 그저 하던 대로 당근만 먹어대고 계속 똥을 싸서 자신이 파묻혔던 구덩이보다 더 높게 솟아올라 온 동네 동물들의 놀이터가 된 그림이 아이 가슴에 가닿은 이유를 어렴풋이 짐작하며, 아이를 좀더 이해할 것 같기도 했다.

시니컬한 말투로 종종 촌철살인의 유머를 구사하던 한 청년은 버지니아 리 버튼의 《작은 집 이야기》(시공주니어, 1993)를 읽어주다 말고 기상천외한 감상을 덧붙여 듣고 있던 우리 모두를 기함하게 만들기도 했다.

"이게 참 교훈적인 그림책이네. 그니까, 땅값 오를 곳 찍어서 돈 버는 사람이 다 따로 있다니까. 이거 봐, 길이 이렇게 뚫릴 걸 어떻게 알고 여기 복판에 집을 딱 샀냐고. 이런 걸 배워야 하는데."

"…"

어쩐 일이람, '교훈적'이라는 표현을 쓰는 순간, 설마 이 책이 자연의 소중함이라든가 환경문제에 대한 인식을 일깨우는 책으로 꼽히는 걸 녀석이 알아차렸다는 건가, 의아하게 '여길 뻔'했다. 하지만 몇 초 만에 그 친구는 자기다운 교훈을 우리에게 강요함으로써 역시, 저 녀석은 어딜 가서도 잘 먹고 잘살 거라고 다시 마음을 놓게 해주었다.

아이들이 저희들 표현대로 나이도 먹을 만큼 먹고 세상사를 겪을 만큼 겪었는데도 틀에 박히지 않은 생각을 갖고 있다는 것, 우리는 그야말로 스펙터클한 스펙이 될 수 있을 거라고 믿었다. 다만 안타까우면서도 여전히 견뎌야 하는 건 쌓여가는 신뢰의 두께와 바람맞는 횟수도 비례한다는 사실이었다.

피부 양자가 뭐야?

느티나무에서는 직원도 자원활동가도 바람맞는 데는 이골이 나 있었지만, 청년들과 함께하는 독서모임은 난이도의 수위가 몇 단계 더 높았다. 대학이나 대학원에 다니는 친구들도 있었지만 대부분 주유소, 편의점, 피시방, 카페, 치킨가게에서 아르바이트를 하는 청년들이라 서로 일하는 시간대가 다르니 모이는 것 자체가 쉽지 않았다. 매주 모이는 건 엄두도 내지 못하고 2주에 한 번씩이라도 모여보기로 했다. 하루는 짜장면, 하루는 김밥으로 저녁을 준비해놓고 아이들을 기다렸다.

"미안, 아무래도 오늘은…. 담번에 꼭 봐요."

"좀 아까까지는 진짜 갈라 했는데 갑자기 친구 아버지가…."

"허걱! 오늘이 벌써 두 번째 토요일이었어? 어떠케! 나 지금 인천

와버렸는데ㅠㅠ"

　가족도 친척도 거의 없다시피 한 녀석들이 독서모임 있는 날이면 어쩜 그렇게 없던 지인들이 아프고 다치고, 군대 간 친구들도 꼭 그때를 기다렸다가 휴가를 나오는지…. 바람맞히는 문자를 하나 받을 때마다 쌓여 있던 김밥을 한 줄씩 먹어치우다 보면, 하룻저녁에 김밥 네댓 줄을 먹기도 했다.

　그저 서운해서만은 아니었다. 시간이 가면서 조바심이 났다. 스물을 넘긴 아이들, 이제 정말 제 앞가림을 해야 할 텐데 세상을 살아가려면 알아야 할 것들이 너무 많은데 대체 뭘 할 수 있을까, 언제까지 이대로 자리만 지키고 있어도 될까, 조바심을 부추기는 일들이 자꾸 생겼다.

　"간장, 간장, 피부 양자가 머야?"
　"…."
　알코올 의존인 아버지의 입원수속을 밟으면서 아이는 어지럼증이 이는 것처럼 보였다. 간경화가 심해져 일어서지도 못하는 아버지가 치료를 받지 않겠다고 버티니 강제입원 절차를 밟을 수밖에 없었는데, 따지는 조건도 많고 서류에 채워넣을 칸도 많았다. 틀림없이 우리말인데 도무지 뭘 써야 할지, 아이는 어쩔 줄 몰라 했다.

　고등학교도 졸업 못한 채 하루하루 아르바이트로 생활비를 버는, '피부양자'라는 말조차 모르는 어린 보호자에게, 몸도 마음도 성치 않은 아버지에 군복무 중인 형까지 얹어서 본인은 빼고도 '부양할' 사람이 두 명이라니…. 의·식·주와 관련된 상황은 줄곧 그렇게 먹먹했다.

　아이는 부동산에 가서도 머리에 쥐가 날 것 같다며 SOS를 보내왔다. 가진 거라곤 몇 해 전 가건물이었던 집이 신도시 개발로 철거되면서 받은 이사 비용을 털어 얻은 지하 원룸이 전부인데, 세를 올려 달라기에 부동산에 가보니 그나마 보증금이 턱없이 줄어 있었다. 아버지가 몇 차례나 부동산사무소를 찾아가 떼를 쓰다 못해 난동을 부려서 100만 원, 50만 원씩 보증금을 받아다 술값으로 써버린 것이다. 요금을 못 내 가스 공급이 끊긴 지는 이미 오래, 뚜껑이 활짝 열린 밥솥이며 냉장고에는 말라버린 음식찌꺼기에 곰팡이가 뒤덮여 있고 하수구가 막힌 욕실에는 오수가 흥건하게 고여 현관문을 열자마자 악취가 진동했다. 혼자 화장실도 가지 못해 지하 원룸을 온통 악취가 진동하게 만들어놓은 것이다.

　보증금에 월세를 어떤 비율로 계산하는지도 제대로 모르는 아이에게 믿고 있던 돈이 갑자기 없어졌다는 걸 어떻게 이해하라고 할까.

이런 일을 당할 때 아이들은 어디에 가서 물어봐야 하나.

도서관을 집처럼 드나들던 아이들이야 이렇게 허물없이 물어보기라도 했지만, 얼마나 많은 사람들이 물어볼 곳도 알지 못한 채 애를 태울까. 특히 법률서비스나 의료서비스로 가면 말할 나위도 없다. 용어도 낯설고 어떤 길이 있는지 찾을 엄두조차 내기 어렵다. 해당되는 서비스가 없거나 자격이 안 되어 혜택을 받지 못하는 경우만 문제가 되는 게 아니다. 서비스가 있다는 사실조차 알기 어려운 게 현실이다. 공공기관에서는 서비스를 알리기 위해 나름대로 다양한 통로를 거쳐 통지도 하고 홍보도 하지만, 그런 서비스가 꼭 필요한 사람일수록 연락처나 거주지가 일정치 않아서 놓치기 일쑤다.

만일 누군가 도서관에 와서 이런 걸 물어본다면? "죄송하지만, 지금 저희 도서관에 관련 자료가 없습니다" 하고 돌려보내야 하나? 도서관에서 할 수 있는 일이 뭘까? 회의가 들기도 했다. '누구에게나 열린 정보센터'라거나 평등한 정보 접근권을 보장한다는 말은 갈수록 함부로 쓰기 어려운 말이 되어갔다.

예산을 마련해놓고 대상자를 찾지 못해서 애를 태우는 기관과 지원받을 수 있다는 사실조차 알기 어려운 사람들, 그 사이를 잇는 것도 '정보센터'인 도서관의 역할이 아닐까 생각하며 커뮤니티 코너를 만들기도 했다. 교육, 청소년, 인권, 복지, 청소년, 문화, 환경 등으로 주제를 정하고 지역에 있는 관련기관과 단체의 자료들을 모아두었다. 홍보 팸플릿이나 간행물을 비롯해 기관이나 단체에서 마련한 행사자료집도 모았다.

처음엔 커뮤니티 코너를 따로 둘 게 아니라 도서관의 모든 자료를 분류해둔 십진분류에 따라서 해당 주제의 책꽂이 한쪽에 나눠서 꽂아두려고 생각했다. 예를 들어 장애인자립생활센터에서 만든 자료는 300사회과학 분야에서 다음 단계 하위분류로 330사회학 가운데 338사회복지에 해당하는 칸에 꽂는 방식이었다. 도서관에서 제공하는 자료가 꼭 출판사에서 펴낸 책이어야 하는 것은 아니기 때문에 관련 자료를 한자리에 둔다는 건 좋은 생각이었다.

하지만 몇 가지 문제가 있었다. 첫째, 접근성이 낮았다. 장애를 가진 사람이 외출을 하기 위해 장애인용 차량을 서비스하는 콜센터에 연락할 방법을 알아봐야 하는데, 사회과학 코너에 가서 338사회복지 칸을 찾아갈 가능성은 현실적으로 아주 낮았다. 단체들이 도서관 강당에서 행사를 열기도 하니까 행사에 참석했다가 볼 수 있도록 강당으로 연결되는 통로 가까운 자리, 지역의 다양한 소식을 전하는 마을 게시판 옆에 두는 것이 접근성을 높일 수 있을 것 같았다.

자료의 형태가 너무 다양하고 유효기간이 들쭉날쭉한 것도 문제
였다. 지역의 단체에서 수집한 자료들 가운데는 손바닥 크기의 낱장
으로 만들어진 리플릿도 있고, 20~30쪽으로 묶은 자료집도 있는데
다른 책들과 함께 꽂아두면 묻혀서 보이지 않았다. 세워서 꽂기도 어
려웠고 심지어 자료가 손상되기도 했다.

어쩌면 하루가 다르게 변화하는 IT의 힘을 빌리는 게 훨씬 효과적
일 수 있을 것 같았다. 법령이나 서비스 방침이 바뀌면 새로 자료가
만들어져야 하는데 인쇄물로 만들어진 자료를 때맞춰 교체하는 건
제한된 인력구조에서 거의 불가능한 일이었다. 스캔을 해서 카테고
리를 잘 분류해 파일을 찾아볼 수 있도록 하거나 해당기관의 웹사이
트를 연결해서 손쉽게 찾아볼 수 있는 피시를 한 대 장만하는 것이
더 낫겠다는 생각이 들기도 했다. 물론 그러려면 컴퓨터가 익숙하지
않은 사람들을 위한 이용자교육도 마련해야 할 것이다.

가장 큰 문제는 그렇게 애를 먹이는 자료들이 정작 이용되지 않는
다는 사실이었다. 도서관의 자료정리원칙을 그대로 쓸 수도 없는 고
난이도의 자료들을 싸안고 온갖 궁리를 하고, 도서관 안에서 이리저
리 자리를 옮긴다고 해서 필요한 사람들이 그 자료를 보게 되는 건
아니었다. 그에 앞서 넘어야 할 문턱은 여전히 많이 남아 있었다. 우

리는 번번이 실패와 역량 부족을 인정해야 했다. 정보센터로서 도서
관이 해야 할 몫은 여전히 풀어가야 할 숙제로 남아 있다. 어쩌면 앞
으로도 꽤 오랫동안 진행형으로 남게 될 것 같다.

그렇게 고민은 많았지만 정보서비스는 풀기 어려운 문제였다. 자
원이 넉넉하지 않은 사립도서관에서 우리의 힘만으로 답을 얻을 수
있을 거라는 생각도 들지 않았다. 그렇다고 시스템을 갖추기 전에 필
요한 사람들의 요구를 몰라라 할 수는 없는 일. 우리는 그때그때 할
수 있는 일을 할 수 있는 만큼 해나가면서 더 나은 대안을 찾게 될 날
을 기다리기로 했다.

피부양자의 뜻도, 4대보험과 세금의 차이도 모르는 아이들이 방을
얻고 일자리를 구해야 하는 자립연령이 되면서 마음이 급해졌다. 서
두른다고 효과를 볼 것도 아니지만, 자꾸만 서둘러졌다. 소년이 청년
이 되고 손가락 마디가 굵어지고 굳은살도 보이기 시작하는데, 조바
심이 날밖에.

조바심은 반칙도 무릅쓰게 만들었다. 명색이 도서관장이면서도,
책을 읽으라고 해서 읽는다면 아무것도 하지 않고 책 읽으라는 말만
하고 다닐 거라면서 좀처럼 그 말은 하지 않았는데, 언제부턴가 청년

들을 만나기만 하면 물어댔다.

"그 책 다 봤냐? 전에 가져간 책은 가져왔고?"

그러고 보면 나는 늘 그런 식이었다. 이랬다저랬다, 유연함이라고 둘러대고 싶지만 변덕이라고 해도 할 말은 없다. 너무 늦기 전에 조금이라도 나은 방법이 있다면 어떤 원칙인들 바꾸지 못할까. 기꺼이 구박도 받고 반성도 하면서 그 방법을 선택할 것이다. 고백하자면, 자발성에 대한 믿음이 흔들리기도 했다. 자발성이라는 게 모두에게 가능한 건 아니잖아.

실은, 지금도 살짝 후자 쪽으로 기울어 있다. 또 언제 바뀔지 모르지만.

하루에 30쪽
오토바이 위에서라도

아이들이 읽을 때까지 기다리지 못하고 틈만 나면 아이들을 불러다가 책을 읽어주기도 했다. 있는 대로 말하면, 그냥 내 목소리가 들릴 만한 거리에서 나 혼자 책을 읽는 거라고 해야 할 때가 많았다.

독서모임을 한다고 듣긴 했는데 아이들이 정말 책을 읽더냐고 궁금해하는 사람도 있었다. 어쩌다 옆에 있던 아이가 그런 질문을 들으면, 우리가 책을 읽겠냐면서 그냥 얼굴 보러 온다고 대답을 해버리기도 했다. 그러면서도 모임은 이어졌다. 꼬박꼬박 참석하는 아이도 있고, 생각날 만하면 나타나서 존재감을 확인시키는 아이도 있었다. 어느 쪽이든 정작 책을 펼치고 둘러앉으면 대체로 딴청을 부리는 건 다르지 않았다.

그러면서도 모임을 이어가려고 했던 건, 그 몇 해 전 비행클럽이라는 청소년동아리를 보면서 생긴 믿음 때문이 아니었을까 싶다. 아이들은 책에는 전혀 관심이 없는 것 같았지만, 책을 읽어주면 언저리에 앉아서(혹은 기대거나 엎드리거나 심지어 뒹굴거리면서) 휴대폰을 만지작거리거나 낙서를 하거나 킥킥대며 딴청을 부리곤 했다.

밀드레드 테일러의 《천둥아, 내 외침을 들어라》(내인생의책, 2004)를 읽을 때였다. 한 번에 50쪽쯤 읽으면서 서너 번쯤 모인 뒤였으니까, 폭풍전야처럼 등장인물들 사이에 일어난 갈등이 한창 고조될 무렵이었다. 여느 때처럼 딴청을 부리던 아이들이 갑자기 책상을 두드리면서 "야, 티제이! 어떻게 인간이 그러냐! 이런 놈 나 같으면 가만 안 둔다"고 열을 냈다. 엎드려 있던 아이들까지 맞장구를 치며 공분했

다. 마저 읽게 가만히 좀 있어 보라고 말리던 아이는 이야기가 이어
질수록 어떡해, 어떡해를 연발하며 애를 태웠다. 반전…! 책을 계속
읽어야 하는데 자꾸 딸꾹질이 나와 혼이 났다.

《생물의 애옥살이》《생물의 다살이》《바다를 건너는 달팽이》(지성
사, 2001, 1998, 1998) 같은 생물학자 권오길 교수의 책을 몇 권 골라서
돌아가며 읽었을 때는 무슨 과학책까지 읽느냐고 핀잔을 주던 아이
들이 열띤 토론을 벌이기도 했다. 여자 엉덩이가 원래 이렇게 달라서
자기가 다이어트에 실패하는 거였다, 짜식들 쪼그마해도 벌레라고
얕잡아 볼 게 아니다 인간보다 낫다….

일본 작가 사소 요코가 쓴 책을 대체로 재미있어 하기에 한글 번역
판이 나와 있는 책을 다 읽어주고 나서 작가를 초청할 궁리를 한 적
도 있다. 마침 도쿄에서 유학하며 느티나무도서관의 한일교류활동
을 줄곧 도와준 박종진 씨가 사소 요코가 도쿄에 살고 있고, 어쩌면
그리 어렵지 않게 섭외할 수 있을 거라고 했다. 하지만 그 계획도 하
나둘씩 아이들에게 변화와 사건이 생기면서 불발로 그쳤고, 비행클
럽의 당초 목표였던 비행기 여행은 10년 묵은(헉, 그러고 보니 비행기 타고
한번 날아보자는 부도수표를 뿌린 지 10년째다) 숙제로 남게 되었다.

우리 앞에는 끊임없이 계획을 가로막는 장애물이 나타났고 그 내

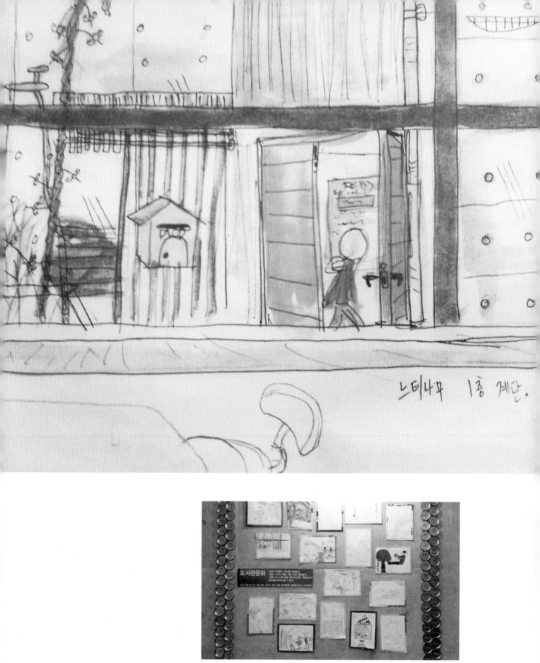

느티나무 1층 계단.

용도 다채로웠다. 하지만 가장 큰 장애물은 우리 자신의 역량이었다. 인정하기엔 아쉽고 부끄럽지만 우리는 여전히 서툴고 추진력도 모자랐다.

그 무렵, 한동안 느티나무도서관에서 일했던 출판사 편집자에게서 새로 나올 책 앨리스 오즈마의 《리딩 프라미스》(문학동네, 2012)에 추천사를 써달라고 연락이 왔다. 원고를 보고 나니 이거야 원, 부탁이 아니라 선물을 받은 거였다. 손에서 놓지 못하고 밤을 새워 단숨에 읽어버렸다. 내친김에 책 뒤표지에 내 이름이 들어간 서평이 실렸다는 구실로 아이들에게도 책을 보여줬다.

"와, 이 사람 진짜 징하다. 간장보다 더하네."

그 말이 딱 맞았다. 《리딩 프라미스》는 정말 징하게 책을 읽어준 아버지와 딸 이야기였다. 사서교사였던 아버지는 딸이 아홉 살 나던 해부터 열여덟 살이 되어 집을 떠날 때까지 자그마치 9년, 3218일 동안 하루도 빠짐없이 '독서 마라톤'을 이어간다. 잠자리에 들기 전 아버지와 딸이 함께 책을 읽는 시간은 그들의 삶을 엮어주는 끈이었다. 서로를 옭아매는 것이 아니라 때로는 그 끈을 너울너울 펼쳐서 그네도 타고 날개 삼아 훨훨 날기도 하는, 넉넉하고도 푸근한 끈.

우리도 한번 해보자고 마음을 먹었다. 하지만 아이들이 모이기는 여전히 어려웠다. 일터가 서로 달라 1주일에 한 번이라도 다 함께 모일 수 있는 시간이 없었다. 궁리 끝에 녹음을 해보기로 했다. 휴대전화를 떠올린 것이다. 요즘 젊은이들에게 휴대전화는 생필품이다. 방값이 없어 일터의 의자들을 이어붙인 옹색한 잠자리에서 새우잠을 자더라도 첫 월급을 받으면 먼저 휴대전화를 산다. 그래도 철없다고 탓할 수 없을 만큼 아이들에게 휴대전화는 세상과 이어주는 절대적인 끈이다.

이어폰 정도는 없으면 사줄 수도 있으니, 녹음파일만 만들면 길이 있을 것 같았다. 하다못해 설거지를 할 때나 배달을 하다가 오토바이를 세우고 담배 한 대 피우는 짬에라도 이어폰만 꽂으면 들을 수 있을 테니까. 물론 그 틈에 '굳이' 녹음한 책을 떠올릴 수 있다는 꿀맛 같은 환상을 전제로 말이다.

오호, 가능하겠는걸, 그런데 녹음파일을 어떻게 보낸담? 며칠을 끙끙대며 매달린 끝에 파일을 공유하고 그 url을 문자로 보내놓으면 아무 때나 메시지 함에서 링크를 눌러 내용을 들을 수 있는 '드롭박스'라는 애플리케이션을 찾아냈다.

녹음기를 들고 책을 30쪽 가량 읽으면 15분 남짓 걸렸다. 그 정도면 일하다가도 부담 없이 들을 것 같았다. 10년 전쯤, 느티나무도서

관에서 카세트테이프로 책 녹음을 시도했다가 포기한 경험이 있었다. 가장 먼저 맞닥뜨린 벽은 저작권이었지만, 잡음 없는 스튜디오도 편집장비도 없이 책 읽는 목소리를 알아들을 수 있게 녹음하는 것도 쉽지 않았다. 그런데 그사이에 녹음장비가 비교할 수 없을 만큼 발달되어 있었다. 손에 쏙 들어올 만큼 작은 녹음기 하나에도 수십 권의 책을 담을 수 있고, 휴대전화기로 녹음을 해도 어지간한 소음을 다 지울 수 있는 편집 프로그램을 손쉽게 사용할 수 있었다.

문제는 시간이었다. 거짓말처럼, 하루에 30분을, 전화도 문자도 이메일도 받지 않고 겨우 30분을 내는 것이 힘들었다. 주변에 늘 사람이 많다는 것도 낭독 녹음에는 심각한 장애요인이었다. 몇 달 못 가서 나는 그 마라토너 부녀에게 두 손을 들고 말았다. 언제든 미국에 가게 되면 오즈마 부녀를 꼭 한번 찾아가 만나보고 싶다. 대체 그렇게 '징하게' 책 읽기를 지속할 수 있었던 사람들은 어떤 눈빛을 가졌을지 보고 싶다. 그리고 혹시, 책에는 담지 않은 비법 같은 게 있었던 건 아닌지 넌지시 물어보고 싶다.

아기배꼽과 고양이털에 대한
정보서비스

아기가 세상에 오는 건, 때때로 우리에게 찾아오는 힘겨운 하루를 살아낼 힘을 주기 위해서가 아닐까. 휴대전화 메시지로 아직 눈도 뜨지 못한 채 손톱만 한 입술을 잔뜩 오므리고 포대기에 폭 싸인 아기 사진을 받았다. 순간 온 세상이 아기 솜털처럼 보드랍고 아기 발가락처럼 투명해 보였다.

"간장님, 바빠요? 자꾸 울어요. 진짜 너무 아픈가 봐요. 어떡해야 돼요?"

"그럼, 아프지. 엄청 아플 거야. 아기가 좁은 길을 나오느라 힘들어서 그런 거야. 아기를 엄마아빠가 도와주려면 기운이 빠지면 안 돼. 막 심하게 아플 때 그때가 중요하거든. 아파서 힘들겠지만, 숨을 천천히 크게 쉬면서 몸에 힘을 빼라고 해. 손 꼭 잡아주고…."

"아직도 바빠요? 어떡해요. 다 소용없어요. 계속 울어요."

여남은 번 전화가 울려댔다. 당장 옆에 와 있어 달라는 신호인 줄 알면서도, 하필 달마다 열리는 강좌와 워크숍에 회의까지 겹친 날이라 옴짝달싹할 수가 없었다. 궁금하고 보고 싶은 건 아기보다 엄마아빠가 '되어가고 있는' 두 아이였다.

"아직도 바빠요?"

분만실에서 마지막으로 걸려온 전화에서는 아이의 목소리가 한결 느긋하고 예의 멋쩍음과 거들먹거림이 섞인 말투로 돌아가 있었다. 드디어 아기를 만났구나. 축하한다, 애썼다. 환영한다, 아가야.

캄캄한 밤하늘에서 펑펑 눈이 쏟아졌다. 마음이 급했다. 와이퍼 속도를 최고로 높여도 자동차 앞유리에는 연신 눈이 쌓였다. 좁은 골목을 굽이굽이 올라가느라 묘기를 부리듯 운전을 하면서도 좋았다. 그대로 하늘로 날아오를 것 같았다.

어리고 가난한 엄마아빠는 배 속에서 꼼지락대다가 갑자기 눈앞에 나타나버린 아기를 안고 쩔쩔매고 있었다. 전화로 퇴원보고를 할 때만 해도, 괜히 하루라도 병원비 더 들일 필요 있느냐, 산모교육도 해주더라, 제가 다 할 수 있다고 자신만만하더니 그 기세는 어디가고 혼비백산해 있었다.

얼기설기 싸놓은 포대기를 들춰보니 병원 신생아실에 있던 그대로 안고 온 모양이다. 병원 로고가 찍힌 포대기 안에는 기저귀가 가슴까지 닿는 작은 아기가 배냇저고리를 슬쩍 팔에 걸치고(?) 있었다. 배냇저고리는 끈이 풀려 흘러내려서 거의 알몸이고, 얼굴은 이마부

터 턱까지 피지로 뒤덮여 있었다.

준비해간 옷과 속싸개로 갈아입히면서 따뜻한 물수건으로 닦아주려는데 도구가 없었다. 도시가스 공급은 이미 오래전에 끊어져 온수도 나오지 않고 가스레인지는 아예 잡동사니를 쌓아놓은 선반이 되어 있었다. 물을 끓일 수 있는 도구는 전기포트 하나뿐, 물을 담을 대야 하나 없었다. 어디서 배달받았던 그릇을 남겨두었던 건지, 국수그릇 하나를 간신히 찾아내 전기포트에 끓인 물을 담았다. 아쉬운 대로 고양이세수를 시킬 참이었다.

"오늘은 추워서 목욕은 어렵겠다, 가제로 얼굴이랑 손만 좀 씻기자. 가제수건 좀 줘봐."

엄마아빠가 동시에 묻는다.

"가제가 뭐예요?"

헉. 단숨에 상황이 파악된다. 새내기 아이아빠가 뭐든 잘할 수 있다고 큰소리를 친 건 진심이었을 것이다. 단지 마음과 달리 실제로 할 줄 아는 게 없었을 뿐. 대체 무엇부터 어디까지 배워야 하나.

쌀랑한 방에 어린 세 식구를 두고 발길이 떨어지질 않았다. 아기 보겠다고 따라나섰던 우리집 네 아이만으로 차에 이미 빈자리가 없었지만, 택시를 불러서라도 꾸역꾸역 태우고 올까, 맘이 오락가락했다. 결국 세 식구를 놓고 돌아왔다. 눈이 쏟아지는 어둡고 비탈진 골목으로 아기와 산모를 데리고 내려올 일도 걱정이었지만, 이 목숨들이 앞으로 살아갈 날들 동안 배워야 할 거의 모든 걸 배우게 될 기회를 방해하고 싶지 않았다.

끝까지 맘이 쓰인 건 고양이였다. 옆에 대고 재보지 않아도 아기보다 한 뼘이나 커 보이는 고양이가 세 평 남짓한 방의 한쪽 구석을 차지하고 있었다. 아기를 뉘어놓은 자리에서 겨우 두 걸음. 풀풀 날리는 털은 어쩌고, 모래로 대충 덮어놓은 똥은 어떡하나. 배우고 알아야 할 게 많은 건 네 아이의 엄마인 나도 예외가 아니었다.

일단 방주인이 분만실에 다녀오는 동안 수북이 쌓인 똥을 치우고 모래만 갈아주고는 돌아와 고양이에 대한 자료를 찾았다. 모래화장실도 매일 청소하고 잘 돌볼 테니 걱정 말라는 아이들이 마음을 바꾸도록 설득할 명분을 찾느라고. 고양이에 대한 정보는 그 뒤로도 요긴했다. 참 묘하게도 가족 없이 혼자 사는 아이들은 고양이나 강아지를 키우고 싶어했다. 일자리를 구해 첫 월급을 타면 지출 0순위인 휴대폰을 사고 곧바로 고양이나 강아지를 사는 아이들이 꽤 있었다.

출장서비스는 한동안 이어졌다. 당번을 정한 것도 아닌데 미역국을 끓여다주는 사람이 줄을 서서 거를 수가 없었다. 집집마다 산모

미역국을 끓이는 비법도 다 달라서 광어로 국물을 우려낸 미역국, 한
우 갈비를 푹 고아서 끓인 미역국, 조개 관자만 넣고 뽀얗게 우려낸
미역국…, 며칠 사이에 갖가지 미역국을 다 구경했다. 출산 소식을
들은 이용자들이 가져다주는 아기용품들이 쌓여 한동안 도서관 사
무실에 아기용품가게를 차린 것 같기도 했다. 가제손수건은 서른 개
도 넘게 쌓였다.

　많은 사람의 축복과 응원이 힘이 되었을까. 마침내 아기엄마의 친
정식구들이 세 식구의 존재를 알고 받아들이게 되었다. 아기가 세상
에 오는 또 하나의 이유는 우리에게 용기를 주려는 게 아닌가 싶다.
만삭이 되도록 몹시 힘든 시간을 보내면서도 도망치듯 숨어 다니던
아이들이 부모가 된 사실을 부모에게 꽤 의젓하게 커밍아웃한 걸 보
면 말이다.

　아빠가 된 아이는 저녁마다 얼굴을 보는데도 하루에 몇 번씩 숨이
턱에 차서 전화를 걸고 질문을 퍼부어댔다. 병원에서 준 배꼽 약을
바르려고 보니 배꼽이 너무 이상하게 생겼다, 도저히 약을 바를 수
있는 모양이 아니다, 아기가 똥을 열 번도 넘게 쌌다, 기저귀도 갈아
주고 우유도 먹였는데 자꾸 운다, 저러다가 죽으면 어떡해요…. 이런
전화를 받을 때마다 드는 생각, 도대체 도서관 참고서비스의 끝은 어

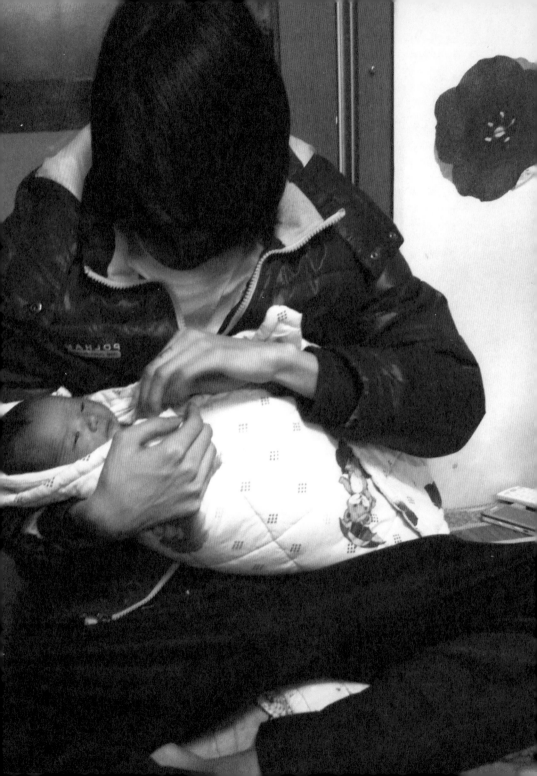

디인가. 아무튼 분명한 건, 그 작은 방에 새 식구가 태어나면서 우리
가 서비스할 고객과 도서관이 존재할 이유가 하나씩 더 늘었다는 사
실이다.

  하지만 이번에도 정보서비스를 썩 잘하진 못했다. 아이가 태어나
고 1년 남짓 지났을 때, 어떻게 알고 지원했는지 한국토지주택공사
에서 제공하는 LH신혼부부전세임대 대상자 모집에 신청해서 선정
되었다는 소식을 받았다. 혼인한 지 3년이 안 되었고 월평균소득이
전년도 도시근로자 월평균소득의 50퍼센트에 못 미치는 세대 가운
데 임신을 했거나 출산 혹은 입양을 해서 아기가 있는 부부가 대상
이었다. 전세금의 5퍼센트만 임대보증금으로 내고 나머지 금액은 연
2퍼센트 이자만 내면 마치 전세로 얻은 집처럼 거주할 수 있는 지원
사업이었다.

  더이상 아기 데리고 이리저리 떠돌며 더부살이를 하지 않아도 된
다니 기뻐서 날아갈 것 같았지만, 그보다 열 배쯤 더 우리 가슴을 뛰
게 만든 건 아이가 그렇게 아빠노릇을 하면서 세상살이를 배우고 뭔
가 제힘으로 시도해서 얻어냈다는 사실이었다. 내 이런 반전이 있을
줄 알았지. 녀석, 몇 년에 한 번씩 이렇게 사람을 놀래킨다니까! 도서
관 옥상에라도 올라가 손나발을 하고 자랑을 해대고 싶었다. 물론 갓

다 붙이는 것도 빠뜨릴 수 없었다.

"이거 제대로 공지해야 하는 거 아닐까요? 도서관에서 이런 중요한 정보를 서비스해야 하잖아요. 신혼부부 전세임대는 정말 필요한데 모르는 사람이 얼마나 많겠어요, 그렇죠? 어떻게, 산부인과랑 연계해야 하는 거 아닐까요? …."

도서관에서 만나는 책과 자료는 경쟁에서 이기고 스펙을 쌓기 위한 도구가 아니라, 우리가 주어진 시간을 살아가는 법을 함께 배울 수 있게 해주는 매개체였다. 종종 삶이라는 숲에서 길을 잃었을 때 별이나 바람이나 물의 흐름처럼 길을 찾아갈 실마리였고, 예상치 못한 장애물을 만났을 때 충분히 도움닫기를 하는 데 필요한 구름판 같은 것이었다.

갑자기 아기아빠가 되어 호흡이 3배속으로 빨라진 청년을 만났을 때, 아이의 사춘기를 곱절로 앓는 엄마의 넋두리를 들을 때, 몇 년 만의 여행이라며 해초부터 여름휴가 계획을 세우는 이용자가 여행서를 찾을 때, 도서관 입구에 매달아둔 화분에서 (절대 그럴 리 없지만) 꽃이 없는 줄 알았던 호야가 상상도 하지 못했던 단단하고도 보드라운 꽃을 피운 걸 발견했을 때, 우리는 문득 어떤 책들을 떠올렸다. 정확한 제목이 기억나지 않을 때도 많고, 이 책이었는지 저 책이었는지 헷갈릴 때도 있다. 어떤 한 구절 어느 한 페이지 혹은 그저 그 책이 남긴 여운만 떠오를 때도 있다. 그러면서도 종종 이런 생각이 든다. 이 모든 상황들을 기록으로 남겨두면 언젠가 다시 비슷한 순간을 맞을 때 참고서비스 자료로 쓸 수 있지 않을까? 하루가 다르게 발전해가는 IT의 힘을 빌리면 영 엉뚱한 바람은 아닐지도 모른다.

간힌 이들을 위한 '찾아가는 서비스,'

어느 날 오전, 로즈 독서실에서는 딸의 고교 중퇴를 계기로 고교 교사가 될 결의를 하고 대학에 다시 입학한 여성이 졸업 논문에 열중하고 있었다. 힙합 풍 패션으로 차려입은 19세와 24세의 2인조가《뉴욕에서 스마트하게 비즈니스를 시작한다》는 책을 얌전한 얼굴로 읽고 있다.

오후, 흑인문화 연구도서관의 마이크로필름 열람실에는 일하는 짬짬이 자신의 뿌리를 찾기 시작한 지 5년째가 된다는 흑인 여성이, 노예 해방 후에 정부가 노예를 위해 만든 회사의 은행 구좌 기록에서 관계자의 행방을 찾고 있었다. 조사 결과는 책으로 정리할 생각이라고 한다.

그날 저녁, 무대예술 도서관에서는 오레건주의 대학을 중퇴하고 뉴욕의 연극 학교에 왔다는 26세의 배우 지망생 여성이 다음에 연기할 역할을 연구하기 위해 자료를 찾고 있었다.

그리고 밤, 과학산업비즈니스 도서관에서는 일이 끝난 후에 매일 찾아온다는 엘리엇 조던이 주의 법무장관을 역임했던 조모의 전기를 쓰고 있었다. 그것을 알리기 위한 홈페이지도 도서관에서 만들었다. "조모가 남긴 업적을 많은 사람들이 알기를 바란다"며 폐관시간까지 키보드를 두드리고 있었다.

— 스가야 아키코,《미래를 만드는 도서관》, 지식여행, 2004, 31~32쪽

숨은 지도를 찾아서

　　　　　　　도서관에 다니던 아이들이
청소년이 되고 청년이 되면서, 도서관에서 '아웃리치outreach'라고 부
르는, 풀어 말하면 '찾아가는 서비스'의 범위가 자꾸만 넓어졌다.

　아슬아슬하게 경계를 넘나들던 아이들이 종종 보호관찰을 받거나
소년원에 가는 일이 생겼다. 해가 바뀌고 아이들이 더 자라면서 참으
로 고맙게도 그런 일은 거의 줄어들었지만, 아직껏 한 아이가 20대
의 절반을 교도소에서 보내고 있다. 어려서부터 쌓인 상처가 사춘기
를 앓으며 터져나와 한번 두번 제 손목을 긋고 응급실에 실려가던 아
이들이 아예 정신과로 보내져 해를 넘기며 병원 신세를 지기도 했다.
정신과에서 처방받은 약을 먹으며 몸도 마음도 부스러질 것처럼 얄
팍해진 상태에서 아기를 가져 몇 차례나 낙태를 거듭하는 아이도 있
었고, 아직 생이별이라는 말이 남길 흉터의 통증을 가늠하지도 못한
채 미혼모시설에서 입양이라는 선택을 놓고 갈등하는 아이도 있다.

　혼란스럽기는 우리도 마찬가지였다. 온갖 문제상황은 번번이 우
리가 '미처 준비되지 않은' 상태에서 닥쳤다. 그렇게 종종 갑작스럽
게 갈림길을 만나거나 막다른 길에 서게 되는 것이 인생이라면, 그럼
에도 불구하고 길을 떠나야 하는 사람들과 함께 어딘가 숨겨져 있을

아이는 아무래도 자기가 난독증인가 보다고
했다. 책 읽어주는 활동을 제안했더니 오래오래 하겠다며 제일 두꺼운 《나니아 연대기》를 골
랐다. 종종 다른 아이들이 거들기도 했지만 3분의 1도 못 읽고 낭독은 중단됐다. 6년 뒤 소복
이 눈이 내린 봄날, 문자를 받았다. "간장, 아침에 집을 나서는데 나니아 나라로 들어가는 것
같았어."

지도를 찾는 것이 도서관의 운명인지도 모른다. 어쩌면 별이나 강물이나 바람의 방향을 읽는 법을 깨우쳐야 할지도.

어린 장발장들

　　　　　　　　도서관에 책이 아니라 지갑이나 돈이 될 물건을 가지러 오던 아이들을 만나면서 많은 걸 배웠다. 글쎄, 이런 것도 도서관이 파악할 지역정보라고 해야 할지 모르겠지만, 우리는 가까운 동네는 물론이고 수원이나 성남까지 아이들이 주로 이용하는 전자제품 중고상들도 얼추 파악하게 되었다. 컴퓨터나 사진기를 싼 값에 사서 수리하거나 조립해 파는 업체들이었는데, 두어 번 방문하거나 통화를 하면서 우리의 '딱한' 사정을 듣고는 중간정보원을 자처하고 나서는 사람도 생겼다. 그 덕에 상황이 발생했다는 걸 감지하면 재빠르게 물건의 소재를 파악해 하드디스크나 메모리를 포맷하기 전에 되찾아올 정도가 되었다.

　처음엔 일이 커져서 업주들이 '장물거래' 혐의로 소환되는 상황이 생기기도 했지만, 경찰과 업체에 각각 어떤 식으로 털어놓고 어떤 으로 사정을 해야 하는지 터득하게 되면서 그런 상황도 어지간히 막을 수 있게 되었다. 동네에서 작은 사건이 일어나면 지구대에서 도서관에 찾아와 '애들한테 뭐 들은 이야기는 없는지' 묻기도 했다. 말하자면 우리는 지구대의 단골이자 종종 정보를 교류하는 파트너가 된 셈이었다.

비법이나 요령이 있는 건 아니었다. 그저 '다녀간' 아이가 최근에 만났을 아이 몇에게 연락을 해서 누구 좀 찾아주라, 하면 늘 찾아서 데려왔고 어디에 넘겼니? 찾으러 가자, 하고 앞장세우면 또 어딘가로 가서 잃어버렸던 물건을 찾아오는 식이었다.

겉으론 덤덤해 보였지만, 실은 아이들이나 우리나 모두 겁을 먹고 있었다. 종종 지구대에 잡혀가곤 했는데, 만일 훈방으로 끝나지 않고 경찰서로 사건이 넘어가 유치장에 가고 검찰조사까지 받게 되면 인생이 끝나버리기라도 할 것처럼 다리가 후들후들 떨렸다. 그때까지만 해도 그랬다.

시간이 흐르고 많은 일들을 겪으면서 아이들은 좀더 대담해졌다. 어쩌면 좀더 깊은 절망으로 자신을 던져넣는 것 같아 보였다. 아이들과 균형을 맞추려면 더이상 당황하고 허둥댈 수만은 없었다. 정신 똑바로 차려 진짜 담담하고 단단해져야 했다. 어디에 있더라도 인생이 끝나는 건 아니라고, 그저 그곳의 시간이 있는 것이고, 또다른 시간을 준비하고 맞이할 일이라고 생각하기로 했다. 아이들은 살아왔고 또 살아가야 했으니까.

그렇게 생각하려고 했던 이유는 아이들이 정말 '장발장'이 되어버릴 때가 많았기 때문이다. 사고를 치면 누군가에게 피해를 입혔으니 당연히 벌을 받아야 할 일이었지만, 말도 안 되는 사건으로 말도 안 되는 형을 받기도 했다. 일을 저지른 시간이며 장소며 주변상황이 어쩜 그리 엎치고 덮치는지. 가장 심각한 문제는 형을 마친 뒤 3년 이내인 누범기간에 일이 생기는 것이었다. 초범과 재범의 차이도 크지만 누범이 되면 판결은 하늘과 땅 차이였다.

사건기록은 번번이 기가 막혔다. 사람이 다치지 않았다면(다행히 딱 한 번을 빼고는 그런 일은 없었다), 난 어지간한 정황에는 놀라지 않는 편이다. 그런데 언젠가 보호자로 따라 들어갔던 검사실에서 참지 못하고 나와버린 기억이 있다. 유리창을 깨고 문을 딴 아이, 망을 본 아이, 물건을 들고 나온 아이, 한 명씩 돌아가며 불러다가 한장 한장 사건기록을 짚어가며 정황을 확인하던 중이었다. 검사가 마치 할인매장 카운터에서 장바구니에 담긴 물건을 하나씩 계산기에 입력하는 것처럼 훔친 물품의 목록을 짚어갈 때였다. 순간, 귓속에 벌레가 들어간 것처럼 웅웅거리기 시작했다.

"금니, 휴대용가스렌지, 식용유, 삼겹살, 쌈장….”

"…”

그 뒤로 난 종종 동료들에게 불평이나 문제제기를 받으면서도 도
서관에 아이들이 오면 먹을거리를 챙기려고 하는 습관이 생겼다. 동
아리든 자원활동가든 청소년들이 모일 때면 하다못해 코코아나 미
숫가루라도 한 주전자 타서 나눠 먹자고 설레발을 치고, “너희들 뭐
만들어 먹고 하지 않을래?” 하고 동을 떠서 일을 벌인다. 꼭 누가 사
고를 칠까봐 걱정해서 그러는 건 아니다. 나도 그맘땐 그랬지만, 아
이들은 언제나 배고파했다.

고맙고도 ‘웬수’ 같던 메신저

아이들이 자꾸 ‘정처’없이
떠돌게 되는 건 마치 블랙홀처럼 또래 네트워크에서 당기는 힘이 그
바깥에서 발을 딛고 설 수 있도록 지탱해주는 힘보다 훨씬 강하기 때
문일 것이다.

아이들의 네트워크가 가동되는 데는 메신저가 큰 몫을 했다. 누
군가를 찾으려고 마음먹으면 어떻게든 24시간 안에 찾아내주는 끈

인 동시에, 돌연 잠수를 타게 만들기도 하는 메신저가 있었다. 버디 버디. 네이트온과 카톡에 밀려 지금은 없어진 메신저 서비스다. 주로 10대들이 이용했다. 아이들이 40대 아줌마가 버디 하는 건 간장밖에 없을 거라고 불쌍한 애들 여럿 낚이고 있다고 놀려댄 걸 보면, 아이들의 통신망을 장악하고 있었던 걸 짐작할 수 있다.

실제로 상황이 생길 때마다 자초지종을 알아보면 메신저가 작전 본부처럼 쓰이는 때가 많았다. 왜 아이들은 알고 싶은 걸 버디를 통해 해결할까. 대체 이놈이 가진 게 뭐길래?!

검찰청이나 법원에 따라다니면서 학교도 제대로 다니지 않은 아이들이 어느새 그렇게 법률용어까지 꿰고 있는지 놀라곤 했다. 보호관찰소와 유치장도 구분 못할 줄 알았는데, 무슨 요일에 재판이 잡히면 거의 2호처분 받아서 사회봉사랑 보호관찰로 끝날 거라는 둥, 다른 요일엔 4호, 재수 없으면 6호까지 받아 소년원도 갈 수 있다는 둥, 재판결과까지 어림짐작하고 있었다. 담당판사의 판결 확률도 저희들끼리 정보망으로 공유하는 모양이었다.

실은 나도 버디와 싸이 덕에 청소년들이 관심을 갖는 정보자원을 꽤 많이 알게 되었다. 문신을 야매로 잘하는 곳, 덧날 때 대처하는 법, 서울 동부지역부터 성남, 수원까지 주유소 알바 알선을 장악하고 있는 모 실장의 연락처 등등.

한참 뒤에야 든 생각이지만, 버디버디 같은 유용한 도구를 만났을 때 도서관이라면 그저 원망만 하고 있을 게 아니었다. 오히려 협력 파트너로 잘 활용할 방법을 찾아야 했다. 아니면 경쟁상대로 삼아, 보란 듯이 확 뛰어넘을 정보서비스를 하거나!(버디버디가 이미 서비스를 닫았기 때문에 꼭 이렇게 씩씩하게 말하는 거라고 생각해도 하는 수 없다.)

도서관이 넘어서야 할 문턱

바깥세상과 단절된 곳에 발이 묶이는 아이들이 생기면서 도서관의 아웃리치서비스는 자주 '면회'라는 형식으로 이뤄졌다. 이용자들이 도서관에 찾아올 때 만나는 문턱만 문제가 아니었다. 정신병원, 미혼모시설, 구치소나 교도소 같은 교정시설을 찾아갈 때는 '도서관이 넘어서야 할' 문턱이 있었다. 알아봐야 하는 것도, 정확하게 챙겨야 할 정보도 많았다.

세 가지 기관 모두 면회와 반입물품에 제한이 엄격했다. 교도소에 이중으로 짠 덧버선이랑 장갑을 가져갔다가 퇴짜를 맞고, 영치금으로 살 수 있는 자비구매물품 가운데 아이가 가장 쓰기 불편해하던 칫

솔을 잔뜩 가져갔다가 소지 한도를 넘겨 되받아 오기도 했다. 규칙이
달라질 때도 있었다. 허리춤 안쪽에 끈이 달려 있는 걸 모르고 파자
마를 사 갔다가 걸려서 끈이 없는 것으로 바꿔 갔는데, 그사이 아예
파자마가 반입금지 품목으로 변경돼서 되가져온 적도 있다.

2년 가까이 정신병원에 입원을 반복하던 아이는 뜨개질이나 스킬
자수를 좋아하는데 바늘은 반입금지 1순위였다. 아이가 그림을 그리
고 싶다고 해서 스프링이 달리지 않은 스케치북을 가져가봤지만 필
기도구 때문에 퇴짜를 맞았다. 궁리 끝에 찾아낸 것이 색종이. 아이
를 찾아갈 때면 같이 종이를 접고 책을 읽어주었다. 직원들과 얼굴을
익힌 뒤에야 겨우, 아이가 좋아하는 떠먹는 요구르트(제품에 딸려 있는
플라스틱 숟가락 때문에 번번이 간호사실에 따로 보관처분을 받았던)를 병실에서
함께 먹는 것이 허용되었다.

가까운 수원이나 안양에 수감되어 있으면 한 달에 두어 번씩 책을
갖고 배달서비스를 다녔지만, 밀양이나 진주처럼 먼 곳으로 이감이
되면 그것도 어려웠다. 때맞춰 반납을 받아올 수 없으니 도서관 책을
보낼 수는 없고 새로 책을 사서 보내야 했다. 책을 대출 처리해서 배
달을 다닐 때와는 다르게 책이 쌓이기만 하니 소장 한도를 넘기기도
했다. 수형자가 개인적으로 소장할 수 있는 책의 권수가 제한되어 있

는 줄 미처 모르고 계속 보내기만 했는데, 규정 때문에 책이 전달되지 못하고 있었던 것이다. 고맙게도 번거로움을 마다하지 않고 도와준 교도관이 사무실에 책을 쌓아두었다가 아이가 책을 버리거나 교도소 내 도서관에 기증하고 나면 전달해주었다.

처음엔 책을 보고 나면 바로바로 도서관에 기증하라고 했지만, 도서관 가까운 곳으로 이감 신청을 해두었으니 옮겨갈 때까지 갖고 있겠다고 고집을 피웠다. 토를 달진 않았다. 네댓 시간을 걸려 면회를 가도 겨우 10분, 창살에 두꺼운 아크릴 벽까지 사이에 두고 마주앉아 성능도 그다지 좋지 않은 수화기를 통해 이야기를 나눌 뿐 밥 한 끼 함께 먹을 수도 없는데, 갇혀 있는 아이가 느끼는 물리적인 거리는 몇 백 리나 될까, 어렴풋이 알 것 같았기 때문이다.

수감은 자유형 형벌이다. 갇혀서 신체의 자유를 구속당하는 고통으로 그가 저지른 행위에 대한 대가를 치르게 한다는 의미와 교육을 해서 재발을 막는다는 의미도 있다. 그렇다면 교정시설은 정보를 얻을 수 있는 모든 통로와 관계망이 차단된 상태에서 형을 마친 뒤 세상을 살아갈 방법을 배우고 사회적 관계를 회복할 힘을 키워야 하는 곳이라고 할 수 있다. 이보다 더 절실하게 도서관이 필요한 장소가 또 있을까.

　　　　　　　　　　　　　해마다 어버이날이나 명절이면 교도소에 갇
힌 아이가 도서관으로 카네이션과 선물을 보내왔다. 매실액도 보내오고 녹차, 국화차, 홍삼을
보내오기도 했다. 도서관에서는 책꽂이에 꽂힌 책만이 아니라 찻잔도 꽃병도 책이 되어간다.
켜켜이 이야기가 담기면서.

몇 해 전부터 교도소도서관에 대한 논의도 이뤄지고 있지만 전국 교정시설을 놓고 보면 극히 일부에 불과하고, 무엇보다 도서관다운 서비스를 할 사서가 배치되어 있지 않다. 의학 전공자들이 '공중보건의'로 군복무를 대체하는 것처럼, 문헌정보학 전공자들이 교도소도서관 사서로 군복무를 할 수 있도록 정책을 만들 수는 없을까? 교도소도서관이야말로 책을 고르는 일이나 책을 건네는 일이나 전문가가 역량을 발휘해야 할 곳이니 그에 걸맞은 정책이 마련되기를 간절히 바란다.

목사와 신부 vs.
도서관장의 차이

사회와 단절된 곳에 찾아가서 넘어서야 할 첫 번째 문턱은 우리가 누구인지 설명하는 일이었다. 면회를 가서 신청서에 '관계' 난을 써넣을 때마다 난감했다. 정신병원이나 응급실에서도 마찬가지였다. "어머니신가요?"라는 질문에 언제나 긴 설명을 달아야 했다. 도서관 직원이나 자원활동가들이 재판을 앞둔 아이의 탄원서를 쓸 때도 서론이 길어졌다.

　문제는 보호자 자격이 필요한 동의서 같은 것을 써야 하는 상황
이었다. 처음 몇 번은 도서관장이라고 썼다가 '관계'를 쓰라고 해서
'후견인'이라는 표현을 써봤지만, 어느 병원에선가 두 줄을 긋고 '지
인'이라는 정답을 써넣는 걸 본 뒤로는 어디 가서나 그 이름을 썼다.
하지만 지인은 그저 호칭일 뿐 도서관장만큼이나 법적 영향력은 없
는 말이다. 입원 동의든 면회든 보호자의 대리인 역할을 할 수 있는
지 검증받으려면 다시 긴긴 설명을 해야 했다. 한국 사회가 얼마나
지독할 만큼 핏줄에 매이는지 실감하는 순간들이었다.

　괜스레 애꿎은 성직자들에게 상대적 박탈감을 느끼며 원망하기도
했다. 언젠가 분류심사원 입구에서 아이를 꼭 만나야 할 이유와 가족
이 올 수 없는 사정을 읊어대다가 몇 번이나 가족과 함께 오라는 말
만 반복해서 듣고 돌아서려는데, 목에 로만 칼라를 두른 사람이 들어
가는 걸 보았다. 가족관계를 증명할 사람이 함께 오지 않은 건 마찬
가지인데, 왜 신부는 되고 도서관장은 안 되냐고!

　물론 신부나 목사와 도서관장을 차별한다고 진짜 억지를 쓰려는
건 아니다. 다만 도서관의 인지도가 얼마나 낮은지 보여주는 사례 같
아서 괜히 그렇게 심통이 났다. 학교나 교회나 복지관은 누가 봐도
뭘 하는 곳인지 금세 안다. 그런데 도서관은 책을 제자리에 꽂는 것

밖에 일이 없는 줄 안다. 사람들에게 필요한 자료를 고르고 사들이고 정리하고 효과적으로 배치하고 서비스하는 일, 이용자들의 요구를 읽고 지역사회의 특성과 변화를 읽어 장서와 서비스에 반영하는 일, 도서관을 이용하지 않는 잠재이용자들에게 좀더 적극적으로 도서관을 만날 기회를 마련하는 일, 새내기 청년들의 자립준비나 정년을 앞둔 사람이 인생 제2막을 맞이할 준비를 지원하는 정보서비스 같은 일이 이뤄진다는 걸 알기 어렵다.

문턱이 높은 시설에 갈 때면, 혹시나 도움이 될까 싶어서 도서관등록증을 가져갔다. 탄원서든 진술서든 뭔가 제출할 때 신뢰감을 더해 볼 양으로 법인인감까지 챙기느라 숨차게 등기소로 달려가서 인감증명서를 떼어가곤 했다. 하지만 정작 서류는 내밀어보지도 못하고 돌아오기 일쑤였다. 도서관등록증이 그다지 효과가 없다는 걸 알아버렸기 때문이다. 언젠가 경찰서에서 명함을 건넸을 때였다. 느티나무 '도서관'이 얼핏 '독서실'로 읽히는 모양이었다. 웬 독서실? 독서실에서 무슨 일로? 어리둥절한 표정을 짓다가 급기야, 내게 물었다.

"독서실도 털렸어요? 잃어버린 돈 찾으러 오신 거예요?"

냉정하게 따지고 반성하면 가장 큰 문제는 도서관이 구체적으로 어떤 역할을 어떻게 할지 우리 스스로가 분명한 답을 찾지 못한 데 있었다. 아이러니하지만 우리는 늘 '한발 늦었다'. 우리가 움직이는 동인이 문제였다. 도서관 역할에서 출발해 그 원리에 따라 움직였다기보다는 눈앞에 문제상황이 벌어진 상태에서 할 수 있는 일을 찾았다. 가장 심각한 건 실제상황. 무엇을 할 수 있을지 알지 못해도 '무엇이든 하지 않을 수 없는 관계'가 생겨버린 존재들이 늘 우리 앞에 있었다. 게다가 도서관은 학교나 복지시설이나 종교기관처럼 구속력을 가질 수 있는 기재가 하나도 없다는 조건도 우리가 맞닥뜨린 현실이었다.

  휘둘리고 허둥대지 않으려면 훨씬 긴 호흡의 사전작업이 필요했다. 그리고 다양한 관련 기관과 단체들을 연결해 몫을 나누고 힘을 모아야 했다. 그런데 그게 참 어려웠다. 청소년쉼터나 그룹홈과 연계해서 아이들을 보내기도 하고 상담센터, 여성단체, 인권단체, 입양기관, 야학 등과 연계해 프로그램을 진행하기도 했다. 하지만 정작 프로그램이 필요한 아이일수록 도무지 프로그램에 참여할 수 없을 만큼 일상도 주거도 불안정했다.

이해와 관계가
만들어지기 위한 시간

청년들과 만남은 언제나
그렇게 근근이 이어졌고, 그래서 늘 헛헛했다. 도서관 이용자인 것은
틀림없지만 도서관에 가득 꽂힌 책들은 여전히 '보게 될 수도 있는'
상태로 남아 있는 잠재독자들. 솔직히 털어놓자면, 도서관이 청년 서
비스에 여전히 무력하다는 넋두리를 하는 것이다.

충분히 적극적이지 못했던 적도 많았다. 방어적으로 최소한의 요
구에만 반응할 때도 있었다. 도서관과 재단사무국 조직이 분명히 있
지만 직원들과 상황을 공유하고 제대로 역할을 분담하지도 못했다.
청년들과 만나려면 적지 않은 시간과 에너지가 들고 자꾸 업무시간
외에 움직일 일도 생기는데, 산더미처럼 쌓이는 일들을 미루고 다 같
이 나설 수는 없었다.

시간이 모자라서만은 아니었다. 고통스러웠다. '상황'이 생길 때
마다 직원이나 자원활동가들, 함께 어울리던 아이들까지 깊은 내상
을 입었다. 어떻게 아이들이 도서관에서, 어떻게 우리에게…. 나도
그랬다. 자해도구로 쓰일 만한 물건은 모두 없애버려 달랑 침대만 있
는 1인실에 갇혔던 아이가 칫솔로 목을 찌르는 방법을 찾아내 아예

손발이 묶여버렸을 때는 며칠 동안 칫솔만 보면 구역질이 나서 양치질은 포기하고 껌을 한 통씩 씹고 다녔다.

　지역의 여러 기관, 단체와 연계를 시도하기도 했다. 거기서도 도서관을 잘 알지 못하는 게 가장 먼저 넘어야 할 문턱이었다. 상대 단체나 기관의 활동현황을 보면 얼마든지 도서관을 이용해서 도움을 받을 수 있을 것 같은데, 그건 우리 생각일 뿐이었다. 도서관이 어떤 몫을 해줄 수 있을지 제대로 알지 못하는 상태에서 '기대'를 갖고 협력하기를 바라는 건 욕심이었다.

　몇 해 전, 입양기관과 연계한 행사를 열고 나서 미혼모시설에 책을 단체 대출할 계획을 세운 적이 있다. 시설에 있는 어린 엄마들은 일생에서 어느 때보다 책이 필요한 시간을 보내고 있을 테지만, 몸도 마음도 바깥나들이가 어려우니 읽으면 좋을 책들을 골라서 시설에 가져다놓으려고 했다. 하지만 시설에서 반기지 않았다. 미혼모를 바라보는 '사회적 시각'이 어떤지 잘 알고 있을 테니, 외부와 접촉에 조심스러운 반응을 보이는 것은 당연했다. 상처주지 않을 것이라는 신뢰와 미혼모들에게 도움이 될 거라는 기대를 갖기까지는 세심하게 배려하면서 서로 이해하고 관계를 만들어갈 시간이 필요했다. 그걸 받아들이면서 조금 느긋해질 수 있었다. 적어도 자책하거나 포기하진 않게 되었다.

　시간이 지나면서 다양한 통로로 서로 알게 되고 신뢰가 쌓이는 기회도 생겼다. (우리는 지역성에 매이지 않으려고 했지만, 그런 면에서는 지역성이 중요한 의미가 있다는 생각이 들었다. 절대시간이 필요한 일, 일상성이 지극히 중요한 일들이 있는데 물리적 거리가 멀리 떨어진 상태로는 거의 불가능하기 때문이다.) 서로의 몫을 인정하는 데도 서툴렀다. 목적도 하는 일도 다른 조직이 만나면 서두르거나 욕심내지 말고 할 수 있는 일을 찾으며 조금 돌아갈 수도 있어야 하는데, 그게 참 어려웠다. 특히 자발성에 대한 생각의 차이가 드러나거나 할 때는 번번이 팽팽하게 맞서곤 했다. 솔직히 그때로 되돌아가면 다르게 할 수 있을지 장담하진 못하겠지만, 끝내 각을 세우거나 '맞짱'을 뜨는 일은 이제 좀 덜할 것 같다. 그새 중요한 걸 깨달았기 때문이다.

　기관과의 연계도 첫 시작은 그곳의 활동가들이 도서관 이용자가 될 기회를 만드는 것으로 출발해야 했다. 협력할 동기를 갖는 데도, 협력관계를 잘 이어가는 데도 직접 그 가치를 체험하는 것만큼 도움이 되는 방법이 또 있겠는가.

두려움을 가르칠 권리는 없다

어른들은 이처럼 인간이 생활의 무게에 짓눌리지 않고 살아갈 수 있는 감미로운 몇
년을, 단지 성장할 뿐 아니라 인생에서 가장 행복한 순간을 맛보는 이 풍요로운 시간
을 무참히 짓밟아 버리려고 한다.

— 폴 아자르, 《책·어린이·어른》, 시공주니어, 1999, 15쪽

대략난감

'요즘 청소년들에게 신종 플루보다 더 심각한 전염병은 무기력증 아닐까.' 봉사활동을 신청하러 오는 아이들의 '표정 없는 얼굴'을 만날 때마다 드는 생각이다. 이어폰을 꽂은 채 눈도 맞추지 않는 아이들은 악수를 청해도 연신 핸드폰 자판만 두드려댄다. 어떻게 도서관에서 활동할 맘을 먹었느냐, 무슨 요일이 좋겠느냐 물어도 묵묵부답. 어떤 말도 들리지 않는 것 같아 보인다. 어느새 다이어리에서 달력을 펼쳐든 엄마가 대신 스케줄을 읊는다. 아예 고개를 아이 쪽으로 돌려 아이와 이야기하고 싶다고 노골적으로 신호를 보내도 아랑곳하지 않는다. 심지어 아이 스케줄을 아무리 들여다봐도 도저히 시간을 맞추기 어렵다며, 엄마가 대신 두 배로 봉사할 테니 봉사확인서는 활동한 시간 절반만 아이 이름으로 발급해달라고 떼를 쓰는 사람마저 있다. 대략난감!

청소년 자원활동, '고난이도' 서비스

전국의 중고등학생들은 지역에 따라 연간 18~20시간 봉사활동을 해야 한다. 표면적으로는 '권고'지만 실제로는 시간도 주어지고 입시성적에도 반영하니 자원봉사에서 '자원自願'이라는 말의 의미는 이미 사라졌다. 모든 것이 입시로 연결되는 현실에서 아이들의 인권이나 건강마저 시험 치를 때까지만 접어두자고 하는데 봉사시간쯤이야! 아이들이 처음으로 사회활동을 경험하는 기회지만 자발적인 동기보다는 입시성적에 포함되는 스펙일 뿐이다. 아이들의 표정 없는 얼굴과 옆에 선 학부모들의 전투적인 자세가 그 증거다.

'비자발적' 자원활동을 하는 아이들에게 빛이 날 리 없다. 표정 없는 아이들의 시간 때우기를 지켜보고 있자면 누구라도 붙잡고 따지고 싶어진다. 안 그래도 세상 속에서 세상을 배우는 게 아니라 세상과 격리된 교실에서 세상에 '대해서만' 배우는 현실인데, 이제 교실 밖에서조차 살아가는 법이 아니라 '~하는 척' 혹은 '맛보기'로 체험하는 법만 가르칠 셈이냐고!

청소년 자원활동은 '고난이도' 서비스다. 아마 많은 도서관에서 새 학기나 방학을 맞으면 봉사활동 하겠다고 찾아오는 청소년(의 부모)을 맞이해 실랑이를 벌이는 게 큰 일거리가 되었을 것이다. 엎친 데 덮친 격, 도서관은 학부모들에게 썩 괜찮은 봉사활동 장소로 꼽힌다. 시켜서 하게 된 일이라고 해도 책이 있는 도서관에서 시간을 보

내다 보면 공부에 도움이 될지도 모르고, 어떤 식으로든 봉사만 하는
것보다 나을 거라고 '막연히' 기대한다. 창고 청소나 목욕봉사처럼
'험한' 일이 아니라는 것도 선호하는 이유다.

실제로 처음에는 아무런 관심도 의욕도 없었지만 활동을 하면서
도서관에 관심을 갖게 되는 아이들도 있다. 하지만 겨우 10~20시간,
그나마 시험기간 빼고 학원 특강 빼고 알뜰하게 짠 일정을 비껴가면
서 '비자발적'으로 이어가는 활동에서 그런 결과를 기대하는 건 욕
심이다.

느티나무도서관에서도 청소년 자원활동을 놓고 지난하게 실랑이
를 벌여왔다. 해마다 봉사활동 신청자는 넘쳐나서 오리엔테이션이
라도 하고 일정표를 짜려고 하면 다른 업무가 마비될 지경이다. 점
수만 생각하고 시간을 채우러 오는 아이들과 씨름하며 굳이 이렇게
까지 활동을 유지해야 하나, 회의와 무력감에 빠져들곤 했다. 그래도
아이들에게 적당히 일거리를 나눠주어 결국 봉사활동을 '시간 때우
기'로 만들어버리는 데 '동참'할 수는 없었다. 그러기에는 도서관이
아이들에게 얼마나 '결정적인' 공간이 될 수 있는지, 이미 수많은 아
이들에게서 확인했기 때문이다.

정면대응(!)을 하기로 했다. '준비된' 아이들이 찾아오는 '요행'

을 바라거나 '준비 없이' 찾아오는 아이들을 따돌릴 궁리를 하는 대신, 아이들이 도서관의 적극적인 이용자가 되는 기회로 만들어보기로 했다. 모집기간을 정해 자원활동교육도 하고 일거리도 다양하게 만들기로 했다. 그런데 아뿔싸! 공고한 모집일이 되니 이른 아침부터 도서관 앞에 긴 행렬이 생겼다. 멀리서 보고는 어느 단체에서 산행을 가느라 버스를 대절하고 기다리는 줄 알았다. 줄을 선 사람들이 대부분 40~50대라 설마 했는데, 청소년 자원활동 모집에 지원하기 위한 대기자들이었다. 청소년봉사활동에 이렇게 관심이 높다니! 세계 토픽감이다.

선착순이 아니니 돌아가셨다가 모임시간에 맞춰 오시라 해도 소용이 없었다. 몇 명이 올 줄 아느냐, 결국 인원이 너무 많아지면 선착순으로 자를 수밖에 없지 않느냐, 어찌 될지 모르니 그냥 기다리겠다, 한 사람 이야기에 앞뒤에 선 사람들 모두 다시 앞으로 나란히. 부슬부슬 비까지 흩뿌리기 시작했다. 도서관 지하마당의 북카페에라도 내려가 앉아서 기다리시라 안내했지만 아랑곳하지 않았다. 대학입시에 끈이 닿아버리면, 발가락만 걸치더라도 줄서기에서 발을 뺄 수 없는 사회다.

그날의 압권은 오리엔테이션 시작을 10여 분 앞두고 벌어졌다. 빗

방울이 듣는데도 아랑곳하지 않던 사람들이 서둘러 대열을 빠져나
가기 시작했다. 확인해보니 아이들을 데리러 간다고 했다. 헉! 자원
활동 신청을 본인에게 직접 받는다고 공지했더니, 엄마아빠가 대신
줄을 서 있다가 시간이 되면 한 사람은 남아 자리를 지키고 한 사람
은 아이를 태우러 가는 것이다. 망설이다가 몇 사람에게 물었다. 학
교 가는 날도 아닌데 아이가 어디에 있기에 데리러 가는 거냐고. 답
은 대부분 비슷했다. 집에서 자고 있다, 좀 전에 전화로 깨워서 이제
떠나니 나오라고 했다.

　놀랍고도 신기했다. 그리고 두려웠다. 서로 모르는 사람들이고 도
서관에서 이런 요령을 안내한 것도 아닌데, 서로 미리 약속한 것도
아닐 텐데, 이렇게 일사불란하게 움직이다니. 뒤돌아 문을 닫고 들어
오는데 뒷덜미가 서늘했다. 아이들은 이런 어른들의 모습에서 뭘 만
날까? 끝이 보이지 않는 두려움, 패배감, 무력감….

…에도 불구하고

　　　　　　　　　　　　　부모들만 탓할 일은 아니
다. 그동안 수백 명의 아이들이 도서관에 와서 봉사활동을 하고 확인

서를 받아갔지만, 학교나 교육청에서 청소년봉사활동에 대한 안내
나 교육은커녕 협조요청공문 같은 것을 받아본 적도 없으니까.

어떻게 말을 걸까? 불편한 이야기일수록 상대방의 답답한 마음을
'이해하고 공감'하려는 태도에서 시작해야 했다.

"답답하시죠? 봉사활동 할 기관을 연결해주지도 않고 필요한 교
육도 하지 않으면서 시간만 채워오라고 하다니, 우리가 생각해도 참
안타깝습니다. 그래도 아이들에겐 일생에 중요한 경험이 될 수 있으
니까 좀더 나은 방법이 있을지, 아이들이 정말 배워야 할 게 무엇일
지 같이 생각해보죠."

정말 두려워해야 할 일은 아이들이 딱딱하게 굳어버리는 것 아닐
까 생각했다. 아이들의 텅 빈 눈동자를 마주할 때마다 두렵고 걱정스
러웠다. 모든 게 과제로 주어지고 점수로 평가되는 학교를 떠난 뒤
과연 제 힘으로 뭘 할 수 있을까?

우리는 아이들과 만나 짧은 시간이라도 도서관에 대해 알려주고
아이들 생각을 들어보는 기회를 가지려고 했다. 도서관에서 얼마나
뜻밖의 즐거움을 만날 수 있는지, 도서관이 어떤 역할을 하는 곳이고
어떤 서비스를 어떻게 이용할 수 있는지 차근차근 설명하면 봉사활
동 오리엔테이션이 청소년이용자교육의 기회가 될 수 있겠다고 기

대했다.

　적어도 5~6년 이상 수험생의 정체성만 갖고 지내는 아이들이 도서관에 올 시간을 내기는 정말 어렵다. 그런데 성적에 반영되는 봉사활동 시간이라면? 바쁜 아이들과 부모들 '눈치 보지 않고' 구석구석 도서관을 안내할 수 있는 더할 나위 없이 좋은 기회가 아닌가. 비록 처음엔 점수 때문에 찾아왔더라도 언제든 자발적인 동기를 얻을 가능성은 있으니까. 내친김에 좀더 밀도 있게 인터뷰까지 시도해보기로 했다.

　이번에도 웃지 못할 에피소드가 이어졌다. 매주 청소년 예비자원활동가 인터뷰 시간을 마련했더니 '예상문제' 족보와 모범답안이 돌기 시작했다. 어떤 계기로 도서관에서 자원활동 할 마음을 먹었는지 아이들 생각과 그동안 경험을 들어보고, 정말 도서관활동에 참여하는 게 좋을지, 참여한다면 뭘 하면 좋을지 의논하려고 마련한 시간인데, 아이들은 면접시험장에 들어선 취업지망생들 같았다.

　"느티나무도서관은 누구나 꿈꿀 권리를 누리는 세상을 바라며 사립으로 공공도서관을 세우고 운영하는 곳으로… 책 읽기의 즐거움을 누리도록, 어쩌구 저쩌구…."

　세상에, 도서관 홈페이지나 홍보 브로슈어에 소개된 내용을 줄줄

외워 오는 아이도 있었다. 어떤 교육정책을 찾아내더라도 한국의 학부모들은 그에 맞춘 솔루션을 찾아낼 것이고, 대치동 학원가에서는 그 솔루션을 교수학습프로그램으로 담은 강의가 개설될 거라는 생각이 들었다.

'인터뷰'라는 말을 둘러싼 오해와 소문에 시달리면서도 매주 서너 명씩 만남을 이어갔다. 현실이 어떻든 아이들은 한명 한명 존중받아야 할 도서관 이용자 혹은 미래의 잠재이용자들이었다. 책임에 대해 이야기해줄 필요도 있었다. 아무리 짧은 시간 가벼운 일거리를 돕는다고 해도 이용자들에게 영향을 미칠 수 있기 때문이다.

까다롭게 군다는 불만도 높았다. 봉사활동에 인터뷰까지 하느냐고 따지는 사람도 있었다. 아이들도 '여긴 뭔데 이렇게 오버야?' 하는 표정. 활동시간을 마치면 만화방이나 북카페에서 편하게 뒹굴다 재미있는 책 골라서 빌려가지 않겠느냐고 하면, 그 시간도 봉사시간으로 쳐주느냐고 되물었다. 봉사활동을 하려고 찾아간 기관에서 문전박대를 당하거나 '골칫거리 유휴인력' 취급을 당하던 아이들에게는 환대도 낯설고 불편한 모양이었다. 그러면서도 인터뷰 대기자는 서너 달씩 줄을 섰다. 다행히 아이들과 도서관 사이에 조금씩 이해와 신뢰가 쌓여갔다. 우리는 아이들이 좀더 관심을 가질 만한 아이디어

도 얻고, 아이들도 자기들이 존중받는다는 걸 조금씩 받아들이기 시
작했다.

학교에 제출할 확인서에도 공을 들였다. 아무리 형식적으로 시간
만 때운 아이라도 학교, 학년, 반, 이름에 달랑 활동시간만 적은 증명
서를 영수증처럼 건네고 싶진 않았다. 짧지만 이곳에서 보낸 시간이
어떤 의미를 가진다는 것을 함께 생각해볼 기회로 삼고 싶었다. 한명
한명 정갈한 종이에 제 이름이 적힌 확인서를 만들고 봉투에 담아서
아이들마다 악수를 하고 응원의 인사를 건네며 전달하기로 했다.

마음이 바쁜 부모들에겐 확인서 같은 것에 의미를 두는 것도 '오
버'였다. 그럴 필요 없다, 안 그래도 바쁜 애 봉사활동으로 뺏긴 시간
채우기도 힘들다, 그냥 내가 가져가서 제출하겠다며 낚아채듯 가져
가는 사람들이 적지 않았다.

멋쩍게 확인서를 건네면서도 애써 말을 걸었다. 감사패나 선물은
아니지만, 꼭 한 번 아이 얼굴 보고 악수도 하고 정중하게 마음을 담
아 확인서를 전하고 싶었다. 따끈한 코코아라도 함께 마시면서 지난
몇 달 동안 수백 명이 이용하는 도서관에서 얼마나 중요한 몫을 한
건지 이야기도 해주고 응원도 하고 싶었다, 대신 그 마음 전해주시고

자원활동확인서

○○○ 군

느티나무도서관의 친구로 함께해주어서

참 즐겁고 든든했습니다.

○○ 군 손길이 닿은 책들로

많은 사람이 즐거움과 위로, 용기, 꿈을 얻을 겁니다.

정말 애썼습니다!

하루하루 가슴 뛰며 멋진 꿈 키워가길 바랍니다. 파이팅!

이 름			학교 학년 반		
날 짜	활동시간	시간	활동내용		
2013-02-02	10:00~12:00	2.0	책정리		
2013-02-16	10:00~12:00	2.0	책정리		
2013-04-06	10:00~12:00	2.0	책정리		
2013-04-20	10:00~12:00	2.0	책정리		
	총 4회	총 8시간	담당자	사서 ○○○	

위와 같이 활동하였음을 확인합니다.

년 월 일

느티나무도서관   관장 박 영 숙

그동안 눈으로 찜해둔 책들 빌리러 오라고 전해달라고.

확인서 봉투를 되돌려주며 무슨 뜻인지 알겠다고, 아이를 보내겠다며 돌아가는 사람들도 있었다, 고맙다는 말까지 덧붙이면서. 우리가 계속 '오버'하는 이유는 이런 사람들 때문이다. 말 걸기에 공을 들여야 할 이유에 꾹! 도장을 찍어주는, 참으로 든든한 응원 아닌가. 계속 '오버'를 고수한 덕인지, 아이들이 조금씩 제자리를 만들어갔고, 서툴던 우리에게도 조금씩 지속해갈 힘이 생겼다.

정말 어쩔 수 없는 것

가장 인기를 누린 청소년 자원활동은 '패떴'과 책 읽어주는 '마니또'였다.

패떴은 온 식구가 함께하는 자원활동으로, 텔레비전 예능버라이어티프로그램 〈패밀리가 떴다〉에서 따온 이름이다. '가족'이라는 표현을 쓰지 않으려고 궁리 끝에 그렇게 이름을 붙였다. 어떤 활동이나 행사에서도 참가자들을 혈연관계로 제한하지 않는다는 원칙 때문이다. 겨우 가족이란 단어를 영어로 바꾼 것뿐이지만, 적어도 텔레비전 프로그램 '패떴'을 보면서 혈연가족을 떠올리는 사람은 없을 테니까.

다소 억지스럽지만 그렇게 나름 의미까지 담은 이름으로 팀을 꾸리면서 우리는 이웃집 아이나 자녀의 친구, 혹은 친구의 아이, 조카, 누구라도 평소에 '알고 지내던' 어른과 아이들이 함께 '만나는' 기회가 되길 바랐다. 참으로 반갑게도 도서관에서 만난 인연으로 '패밀리'를 꾸린 팀도 있었다.

우리는 패떴 활동으로 돌보는 이와 돌봄을 받는 이의 관계를 벗어나 대등한 동료관계를 경험하길 바랐다. 많은 부모가 자녀와 소통하기를 진심으로 바라고 애쓰면서도 좀처럼 빗장을 열기 어려워 애를 태운다.

"아냐, 난 적어도 나 혼자 이야기하지 않아, 훈계나 잔소리를 늘어놓지도 않고, 언제든 어떤 이야기든 들어줄 준비가 되어 있는데 뭐가 문젤까?"

바로 그 때문일지 모른다. 아이 이야기만 들어주려고 애쓰는 것. 소통은 일방통행이 아니다. 어쩌면 아이들은 제 이야기를 귀담아 들어주려고 만반의 준비를 하고 있을 때보다 부모 자신의 이야기를 들려줄 때 마음을 열고 귀를 열고 말문을 열지 모른다. 그런데 자식이었던 시절에도 부모가 된 뒤에도 우리는 자식에게 자식 이야기가 아닌 부모 이야기를 들려준 경험도 들어본 경험도 없다.

책을 고를 때도 마찬가지다. 도서관에 가득 꽂혀 있는 책들에는 차마 자신의 이야기를 먼저 꺼내기 어려울 만큼 거리가 생겼을 때, 서로에 대한 이야기 대신 함께 읽고 나서 함께 흥분하고 수다도 떨고 때론 감동을 나눌 수 있는 이야기들이 밤하늘의 별만큼이나 셀 수 없이 담겨 있다. 그런데 도서관에서 눈이 빠지도록 책을 고르는 부모들은 '아이에게 도움이 될' 책을 고르는 데 너무 바빠서 자신이 함께 읽을 수 있다는 생각은 좀처럼 하지 않는다.

소통이 시작되기 위해 필요한 최소한의 신뢰와 기대의 수준이 있는 것 같다. 나를 돌보고 책임져줄 거라는 헌신에 대한 기대나 내 자식은 적어도 나를 실망시키지 않을 것이라는 부담스러운 믿음을 말하는 게 아니다. 상대가 이런 이야기에 관심을 가질 거라는 믿음, 그리고 그의 반응을 듣고 싶다는 기대 말이다. 그런 믿음과 기대를 가지려면 먼저 상대에 대해 알아야 한다. 그런데 아이들이 부모에 대해 알 기회는 좀처럼 주어지지 않는다. 그래서 부모는 책임이 무거우면서도 아이들 편에서 보면 언제나 잔소리꾼 신세고, 자녀는 부담이 크면서도 늘 철부지 응석받이 취급을 당한다.

부모에겐 부모 몫이 자녀에겐 자녀 몫이 있고, 그저 그걸 해나가는 게 자연스러운 일일 것이다. 하지만 그 몫이 지나치게 부풀려지면

서로에게서 각자 자신이 필요로 하고 원하는 역할을 찾는 데만 매달
리느라 정작 상대의 모습을 그대로 보고 알 기회는 잃어버리고 만다.
같은 공간에 있을 뿐 서로 만나지 못한 채 세월을 보낸다. 생각해보
자. 나의 딸을, 아버지를, 마지막으로 '본' 게 아니라 '만난' 게 언제
였는지.

뒤죽박죽된 책꽂이도 정리하고 까다로운 이용자의 요구에 실랑이
도 하려면 '한편'이 돼서 전략도 짜고 힘도 모아야 한다. 그러면서 서
로가 얼마나 든든하고 믿을 만한지, 함께하는 게 얼마나 뿌듯하고 즐
거운지 알게 되기를 바랐다. 온종일 책과 씨름하다 보면 누가 먼저랄
것도 없이 눈에 들어온 책 한 권을 가져다가 함께 읽고 이야기를 나
누거나 한바탕 치열하게 토론을 벌여도 좋겠다고 기대했다.

이번에도 기대가 컸다는 걸 알아차리기까지 그리 오래 걸리지 않
았다. 그런 아름다운 풍경을 상상하는 게 얼마나 당돌한 욕심인지,
겸손하게 인정해야 하는 날들이 한참 동안 이어졌다. 패떴의 취지를
설명하고 원칙을 공유해도 부모들에게 아이들은 미덥지 않았다. 옆
에서 보기에도 그랬다. 지금껏 '대학 갈 때까지'라는 조건으로 집안
일을 돕기는커녕 제 앞가림을 하는 것도 미뤄왔으니, 몸과 머리의 불
균형은 하루아침에 해소될 문제가 아니었다. 있는 대로 늑장을 부리

는 아이, 마음과 손이 따로 놀아 꼼지락대는 아이를 보다가 '속이 터진' 엄마들은 결국 아이들 손에서 일거리를 뺏어 눈 깜짝할 사이에 해치우곤 했다. 실전에 투입되기 위해서는 준비하고 훈련하는 시간이 필요하겠다는 걸 확인한 셈이지만, 그러기에는 청소년들의 꽉 짜인 스케줄이 너무 인색했다. 게다가 한 번 팀을 꾸리면 1년 이상 활동이 이어졌으니, 그사이에 팀의 주니어 멤버들은 사춘기를 앓기도 했고, 시니어 멤버들 가운데는 직장에서 멀리 발령을 받거나 아예 일자리를 옮기는 사례도 생겼다. 어린 동생이 섞인 팀에서는 형 누나와 부모가 간신히 일에 몰입할 즈음에 인내력의 한계에 달한 막내가 배고프다, 심심하다, 떼를 써서 판이 깨지기도 했다.

언제나 그렇게 우리가 시도하는 일들은 '실험실 상황'이 아닌 도전적인 조건에서 이뤄졌다. 다른 변수들은 모두 그대로 유지된다는 걸 전제로 하면 기대했던 효과를 볼 수 있을 것 같기도 한데, '일상성'의 원리에 따라 움직이는 도서관에서 그것은 엄두도 낼 수 없는 일이다. 그래서 늘 결론은 같았다. 서두르지 말 것. 가능성에 대한 희망을 잃지 않으려면 너무 큰 기대도 갖지 말 것. 특히 우리가 서두르지 말아야 할 것은 성과가 보이지 않는다고 실패라고 단정하는 일이었다.

패떳 활동을 처음 시작한 것이 2010년 초였으니, 어느새 4년이 지났다. 여러 주니어 멤버들이 어른 멤버들보다 키가 훌쩍 더 커지는 시간이었다. 한 달에 한 번 그렇게 특별하게 보낸 일요일 중에는 집으로 돌아가는 길에 짜장면 한 그릇씩 먹으며 기분 좋은 피로감을 나눈 날도 있었을 것이고, 종일 게으름 피우고 짜증만 내서 힘들고 창피했다고 서로 탓하며 다투느라 저녁도 굶은 채 방문 쾅 닫고 들어가 버린 날도 있을 것이다.

얼마나 많은 부모와 아이가 서로를 만나고 소통의 물꼬를 텄을지, 아이들 키가 자란 만큼 세상을 보는 눈도 밝아졌을지, 확인할 길은 없다. 간혹 저절로 휘파람이 나오게 만드는 장면들을 만나, 그저 이런 시간을 가질 수 있어서 참 행복하다는 생각을 할 뿐.

"이 책 완전 엄마 취향일 거 같아. 빌려가자."

"아빠, 나 오늘 대출카드 안 가져왔는데 이 책 좀 아빠 카드로 대신 빌려줘요. 얼른 읽고 재밌으면 아빠한테 넘길게."

앞치마를 입고 카운터에 앉아 있는 아빠나 엄마에게 달려와서 들뜬 표정으로 서둘러대는 너무 예쁜 아이들을 엿보기도 했고, 이용자가 찾는 책을 제대로 검색하지 못해 집에 가서 아이한테 실컷 구박을 받았는데 그날부터 하루 1시간씩은 엄마가 컴퓨터 쓰라면서 연습하라고 숙제까지 내주더라는, 자랑이 틀림없는 엄마의 고백을 전해 듣기도 했다. 아! 참, 한 가지 또 배운 게 있다. 어른이 되어서도 역시 '그르치고 실패하면서' 배우고 자란다는, 불편하지 않은 진실 말이다.

유아들과 짝을 이뤄 최소 6개월에서 1년 이상 꾸준히 책을 읽어주는 활동도 계속 이어나갔다. 책을 읽어줄 청소년들에게 '비밀친구' 혹은 '수호천사'라는 뜻의 '마니또'라는 이름을 붙였다. 예쁜 단지 두 개에 나란히 숫자가 적힌 종이들을 넣고 청소년과 대여섯 살 꼬마들이 각각 제비뽑기를 해서 같은 번호끼리 짝을 짓고 격주로 만나 한 시간씩 책을 읽어주기로 했다. 형제가 많지 않은 요즘 아이들이 다른 또래와 어울릴 기회가 되길 바랐다. 하지만 교재도 매뉴얼도 없고 훈련받은 적도 없이 청소년들을 만나서 뭔가 하도록, 그것도 사람과 만나고 어울리는 일을 하도록 북돋우는 건 난이도가 높아도 너무 높은 일이었다. 도대체 아이들과 뭘 시도한다는 것이 가능하기나 한 일일까 회의가 들기도 했다.

동생들을 만나기 전에 조금 일찍 모여서 그날 각자 읽어줄 책을 고르기도 하고, 어떤 자세로 책을 어떻게 들고 어떻게 넘기면서 읽어줄지 서로 봐주면서 연습도 하려고 했다. 그런데 그 썰렁함이란! 무덤덤한 아이들의 움직임 없는 눈동자는 장마철 후덥지근한 무더위처럼 우리를 지치게 만들었다. 그 속에서 고군분투하는 사서가 안쓰러울 정도였다.

아이들 스케줄에서 도서관은 순위가 저만치 아래에 있다는 걸 잘 알고 있는 터라 한 달에 두 번씩만 모이자고 했지만, 그나마 시험기간이 닥치면 한 번씩 건너뛰었다. 그렇게 인색하게 주어지는 짧은 만남으로 아이들에게 켜켜이 쌓인 무기력증을 벗겨내는 건 욕심 같았다. 그만큼 시간이 필요했다. 거의 2년이 다 되어갈 무렵에야 문득, 마주치는 아이들 눈빛에서 생기를 발견했다. 짝이 아닌 낯선 동생들에게도 스스럼없이 그림책을 읽어주는 여유를 보이기도 했다. 책을 읽어주고 나서 회의를 할 때면 '조용한 건 여전했지만' 틀림없이 공기의 무게가 달라진 게 감지되었다. 그 변화의 기운에 굳이 이름을 붙인다면, '따분함에서 진지함으로(?)'쯤이 될 것이다.

이런 변화는 보통 천천히 조금씩 일어날 것 같은데, 우리가 경험한 건 대체로 '어느 날 갑자기'였다. 실제로 변화가 일어나는 '순간'이 있는 것인지, 그저 시간을 두고 일어난 변화를 우리가 그 순간에 체감한 것뿐인지는 모르겠다. 어느 쪽이 사실이든 분명한 건 늘 그렇게 시간의 힘에 기댈 만하다는 것이었다. 그래서 자꾸만 '일상성'의 가치를 되뇌게 된다. '상호작용'도 마찬가지다. 도서관의 모든 것은 자발성의 원리로 움직이지만, 자발성을 일방적으로 자극하려고 들면 또 한쪽으로 기울어지기 마련이다. 그래서 서로에게 동기유발을 일으키는 상호관계가 중요하다. 사서와 이용자 사이에, 이용자와 이용자 사이에 이뤄지는 역동의 힘을 아깝게 잃어버리지 않아야 한다. 아마 우리가 만난 청소년들의 표정을 변화시킨 가장 큰 힘은 형, 언니, 불러대며 졸졸 따라다닌 꼬맹이들이었을 것이다.

조금씩 활동이 자리를 잡으면서 기대 이상의 수확도 얻었다. '청소년들이 그림책을' 보게 되었다는 사실! 청소년들에게 그림책을 건네면, 다 컸는데 애 취급이냐고 타박을 받기 십상이다. 그림책이 '유아용'이 아니라는 걸 구구하게 설명해도 크게 효과는 없다. 그런데 어린 동생들에게 읽어주려니 저절로 읽을 수밖에. 게다가 봉사활동 시간을 채우는 것이니 공부에 방해될까 걱정하는 부모들 눈치도 보지 않고 당당하게 그림책을 볼 기회가 생긴 것이다. 자원활동이 '봉사'가 아니라 '활동'이 되는 반가운 수확이었다.

"하하하, 지금 네 모습 엄마가 보시면 당장 동생 낳아주신다고 하겠다."

유난히 키가 큰 열여섯 살 남자아이가 구부정하게 아이를 업고 선 채 한 손으로 그림책을 들고 등에 업힌(매달린?) 아이에게 읽어주고

있었다. 다른 손으로는 자꾸 흘러내리는 아이를 연신 치켜올리느라 진땀을 뺀다. 청소년 자원활동이라는 슈퍼 울트라 고난이도 프로그램을 이어갈 이유가 이 짧은 순간에 모두 담겨 있다.

아이들이 자라 어른이 된 어느 날, 문득 이 장면이 떠오르지 않을까. 함께 읽은 그림책의 제목이나 서로의 이름은 기억나지 않을지 모르지만, 서점이든 도서관이든 어디서나 책꽂이에 책이 꽂힌 풍경을 만나면 가슴이 뛰지 않을까, 세상이 두렵고 무력감을 느낄 때 내게 오롯이 몸을 기대고 매달리던 누군가의 무게가 떠오르지 않을까. 그러고 보면 정말 '어쩔 수 없는' 건 이런 일들인지 모른다. 이미 주입식 교육과 획일적인 평가에 길들여졌다 해도, 경쟁으로 치닫는 선로에서 내릴 방법을 찾지 못한다 해도, 절망하고 포기할 수 없는 것, 실패에 대한 두려움으로 무장한 채 가슴 뛰는 순간을 차단당한 이들이 다시 그 순간을 회복하도록 응원할 수밖에 없는 것 같은 일들 말이다.

아이들을 우리의 미래라고 말하는 한, '세상은 만만치 않다'고 두려움을 심어줄 권리는 누구에게도 없지 않은가.

세상에서 양육기간이 가장 긴 종,

호모 코리아나스

12세 어린이가 주정부 법률에 따르면 비현실적인 사생활 보호에 대한 기대를 품을 수도 있다. 그러는 한편, 어린 자녀를 둔 부모는 어린이 대출 기록을 열람할 수 있을 거라는 기대를 품고 있을 수도 있는데, 이것 역시 도서관 정책에 따라서 허용되지 않고 있다. 이 두 부류의 이용자 사이에 갈등이 발생하기 전에 각자의 권리를 알려주는 것이 도서관 사서가 해야 할 일이다. 그러나 극단적인 사례를 자꾸 되풀이해서 언급하면 도서관 사서는 시끄럽게 소란을 피우는 사람이 돼버리고 도서관이 관료적이고 현실과 동떨어진 장소로 보일 수 있다. 최선의 선택은 신규 고객에게 그들의 도서관 카드 계좌에 접근할 수 있는 권한이 있는 사람이 누구인지를 설명한 사실 관계 진술서를 신규 고객에게 제공하는 것이다.

— 마이클 설리반, 《어린이 서비스의 기초》, 국립어린이청소년도서관, 2007, 29쪽

지적 자유와 프라이버시

도서관 카운터에서 실랑이가 벌어졌다. 어떤 이용자가 자녀가 빌려본 책 목록을 보여달라고 요구한 상황이었다.

"도서관에서 빌려본 책 목록은 본인에게만 보여드립니다. 중요한 개인정보가 될 수 있어서요. 어떤 책을 빌려봤는지 아이에게 물어보시고, 목록이 필요하시면 출력도 해드릴 수 있으니까 아이를 보내시는 게 좋겠습니다."

정중하게 설명해도 막무가내. 내 자식 일인데 웬 참견이냐, 상관 말고 어서 달라는 이야기만 반복한다. 이렇게 난감할 데가.

도서관은 누구에게나 열린 공간인 만큼 프라이버시가 중요하다. 인적 사항만이 아니다. 누구나 자유롭게 책과 정보에 접근하도록 보장하기 위해서는 자료를 고르고 이용하는 데 관한 정보도 보호해야 한다. 유네스코 공공도서관선언에 따르면 공공도서관은 "이용자가 모든 종류의 지식과 정보를 쉽게 이용할 수 있도록 만드는 지역의 정보센터"이고, 그 역할을 위해 "어떠한 종류의 사상적 · 정치적 · 종교적 검열이나 상업적 압력"으로부터도 자유로워야 한다.

도서관에서는 어린아이가 영문판 화집이나 글자만 빽빽한 사전을 펼쳐놓고 놀아도 "이건 네가 볼 책이 아니니 저쪽 그림책 코너로 가"라고 하지 않는다. 이 책은 석사 이상 학위를 가진 사람이 볼 자료이니 학위증을 보여달라는 식의 요구도 하지 않는다. 공공도서관의 자료는 나이나 학력에 상관없이 누구나 볼 수 있다.

도서관이 선언한다고 지적 자유가 보장되는 건 아니었다. 이용자들도 인식을 공유해야 했다. 예를 들어 누군가 급하게 봐야 할 책이 있는데 다른 사람이 빌려가고 없으면 빌려간 사람의 연락처를 알려달라고 요구하기도 한다. 도서관에서 빌려간 사람에게 연락해 사정을 설명하고 언제 반납할 예정인지 묻거나 조금 서둘러 책을 반납하도록 부탁할 때는 있지만 개인정보를 본인 허락 없이 다른 사람에게 알려줄 수는 없다. 빌려간 사람 역시 사정이 있어 반납예정일까지 책을 돌려주기 어렵다고 할 수 있다. 이 전체 과정에서 양쪽 이용자 모두 개인정보를 보호받아야 한다.

원칙을 지키는 동시에, 그렇게 하는 이유를 이해하고 받아들일 수 있도록 소통하는 노력이 필요했다. 무턱대고 방침만 내세울 것이 아니라, 분명한 근거를 누구에게나 설명할 수 있도록 문서로 작성해둘 필요도 있었다. 문제상황이 발생했을 때 수습하는 것은 더 어렵다는 것도 알게 되었다. 도서관을 처음 이용하기 시작할 때부터 본인이 어

떤 보호를 받게 될 것인지, 다른 사람을 보호하기 위해 어떤 책임을 져야 할지, 분명하게 알릴 필요가 있었다. 그래서 회원으로 등록할 때부터 개인정보나 자료대출 이력에 대한 열람 권한도 분명하게 설명하고 동의를 받는다.

원칙이나 문서가 늘 효과를 가지는 건 아니다. 권력을 가진 기관보다 부모처럼 가까운 사람들에게 설명하고 설득하기가 더 어려웠다. '아이를 위한' 것이라는, 주관적이지만 여전히 통용되는 명분을 내세우기 때문이다.

"이 책들 방학 동안 다 봐야 하는데 도서관에 없는 게 많네요. 희망도서 신청하면 언제 빌릴 수 있죠?"

"이 목록에서 도서관에 있는 책들 체크 좀 해주세요. 누가 빌려갔으면 언제 돌아올지도 표시해주고요."

새 학기나 방학이 되면 학교에서 내준 책 목록을 들고 와서 검색대와 카운터를 오가며 책을 찾느라고 바쁜 것도 부모들이다. 방학을 맞은 아이와 함께 시간을 보내려고 '부모 자신이 읽을 책'을 고르는 거라면 얼마나 좋을까. 하지만 그런 행운을 만날 가능성은 로또 당첨 확률보다 낮다. 차라리 학교마다 학생들이 읽을 목록만 내주지 말고 부모에게 추천하는 책 목록까지 방학과제로 내주도록 요청하는 게 더 쉬울지 모른다.

아이에게 '읽힐' 책만 고르려는 부모들에게 아이 스스로 책꽂이 사이를 돌아다니며 다양한 책을 만나는 것이 정말 소중한 기회라고, 처음엔 시간을 허비하는 것 같아도 그런 시간이 한 달만 지나도 책을 대하는 눈이 확 달라질 수 있다고 말을 걸었다. 말을 걸면서 '긍정'의 기운을 놓치지 않으려고 했다. 원칙을 읊어대면 오히려 방어기제가 작동하기 마련이니까. 그저 어떻게 하는 게 아이에게 정말 도움이 될지, 짧은 시간이라도 진지하게 털어놓고 이야기 나눌 기회를 만들려고 했다. 서가 앞에 서서 책을 몇 권 뽑아들고 직접 펼쳐서 보여주거나 몇몇 작가에 대해 소개하는 식으로 말을 건네는 것이 도움이 되었다.

"책이 너무 많으니까 오히려 고르기 힘드시죠? 아마 몇 번 오시면 금세 익숙해지실 거예요. 오늘은 제가 좀 도와드릴까요?"

"애가 도서관에 오면 책은 볼 생각도 하지 않고 어린애들 보는 그림책이나 만화책에만 매달려요. 그래서 아예 나 혼자 와서 빌려다줘요."

"아이가 몇 살인데요? 여자아인가요, 남자아인가요? 그동안 특별히 재미있게 읽은 책이나 좋아하는 영화가 있는지 아시나요? 친구들하고는 주로 뭘 하고 놀던가요? 운동 좋아하나요? 게임은 어떤 걸 좋아하죠? …."

이것저것 질문을 퍼붓는 이유가 책을 추천하기 위해서만은 아니다. 상대방에 대한 정보가 많을수록 소개하고 싶은 책이 많이 떠오르는 건 분명하지만, 아무리 많은 걸 물어봐도 부모가 원하는 맞춤형 답을 주기는 어렵다. 그런데도 질문하는 것은 '아이에 대해 함께 생각해보자'는 말 걸기다. 실제로 많은 사람들이 이런저런 질문을 따라가면서 스스로 답을 찾았다. 적어도 아이에 대한 생각이 좀더 구체화되고, 도서관에서 소개할 책의 범위도 간추려졌다.

부모에게 말을 걸면서 진짜 전하고 싶은 메시지는 두 가지다. 첫째, 아이 얼굴도 모르고 목소리도 들어본 적 없이, 뭐에 관심이 있고 어떤 환경에서 사는지 아무것도 모른 채 그 아이에게 알맞은 책을 골라준다는 것이 얼마나 '무모한' 일인가, 하는 점. 둘째, 아이 말고 당신 자신은 어떤 책을, 언제, 왜 읽고 싶어했었나요? 하는 질문이다. 어쩌면 그 질문의 답을 아이에게 들려주는 것이 어떤 권위 있는(?) 추천목록보다 확실하게 책을 읽고 싶게 만드는 효과가 있을 것이라 믿기 때문이다.

만화는 금지? 19금까지!

'읽히고 싶지 않은' 책들을 아예 도서관에서 치워달라고 요구하는 경우도 있다. 만화책을 둘러싼 실랑이는 도서관계에서 좀처럼 사라지지 않을 고민거리로 보인다. '19금' 같은 잣대를 만들어 아이들 이용을 제한해달라고 요구하기도 한다. '선정성'과 '폭력성'에 대한 우려가 도서관에서 만화를 배제할 것을 요구하는 명분이다. 청소년이용금지 '판정'을 받은 책들을 볼 때면 '현실은 더 폭력적이고 선정적'이라는 생각이 고개를 든다.

우리는 결코 보송보송하고 아름답기만 하지 않은 현실을 만날 기회를 억지로 막지 않으려 한다. 아이들도 현실을 살아낼 힘이 있다는 믿음, 함께할 사람들이 있다는 믿음 때문이다. 특히 만화를 금지해야 한다는 요구에는 아이가 '공부에 도움이 될 책만' 보기를 바라는 욕심도 깔려 있다.

"굳이 도서관에서까지 만화책을 볼 필요가 있나요?"

만화는 아이들이 어떻게 해서라도 볼 수 있는 방법을 찾는다는 것이다. '만화냐 아니냐'가 도서관에서 자료를 선정하는 기준이 될 수는 없다. 만화책이든 그림책이든 텍스트만 있는 책이든, 정확한 자료

와 의미 있는 메시지를 담도록 공들여 만들어졌는지, 해당 도서관의
장서정책과 이용자들의 요구에 맞는지를 따져보고 판단해야 한다.

도서관이 공공성을 구현하기 위해서는 무엇보다 이용자의 '다양
성'을 담보해야 한다. 이용자 개개인의 다양성을 고려할 때 나이나
학력 따위로 자료이용을 금지하고 허용할 기준을 정하긴 힘들다. 어
른보다 더 올된 애늙은이 같은 아이들도 있는데?

빈둥거릴 권리 & 실패할 권리

"도서관 온 거 우리 엄마한
테 말하지 마요. 엄마 알면 혼나요!"

도서관에 온 아이들이 이런 부탁을 한다면 이상하게 들릴 것이다.
그럴 리가! 우리 애가 도서관 다녀왔다고 하면 업어줄 텐데, 하고 말
할지도 모른다. 하지만 그런 어처구니없는 장면을 종종 만난다. 도서
관을 자주 찾아오는 아이들, 동아리모임이나 자원활동에 적극적인
아이들 가운데는 부모로부터 느티나무도서관 출입금지령을 받는 경
우도 있었다.

읽히고 싶은 책과 읽지 말아야 할 책을 가려내기 위한 것만이 아니

다. 독서동아리 같은 활동도 '입시준비'를 위한 스펙으로 여겨지기 때문에 독서이력, 논술점수에 보탬이 되는지가 활동의 선택기준이 된다. 선택권은 오롯이 부모의 몫이다. 아이들이 끼어들 틈은 없다. 한국 사회에서 청소년은 100평짜리 집에 살아도 소외계층이라는 생각이 드는 순간이다. 그럴 만도 했다. 느티나무도서관은 '맘껏 빈둥거려도 좋고 얼마든지 실패할 권리도 누릴 수 있는 곳'이라고 선언했으니 말이다.

도서관을 달갑게 여기지 않는 이유는 단연코 도서관이 '공부'에 도움이 되지 않는다고 여기기 때문일 것이다. 결국 교육에 대한 생각과 아이들에 대한 생각이 다르고, 삶에서 무엇을 우선순위에 두느냐의 차이에서 비롯된 아이러니일 것이다. 부모들은 불안해했다. 공부하느라 바쁜 아이를 '아무도 관리해주지 않는' 도서관 같은 공간에서 시간을 허비하게 내버려둘 수는 없다, 아이 혼자 책을 고르도록 맡겨둘 수가 없다, 이렇게까지 해야 하나 싶어도 '어쩔 수 없다'고 했다. 잠깐이라도 긴장을 놓으면 살아남지 못하는 세상인데 '억울하게' 우리 아이만 '피해'를 입을 수는 없지 않느냐고. 불안한 부모들에게 도서관이 내건 '지적 자유'는 너무 먼 이상, 혹은 속 모르는 답답한 이야기로 들렸을 것이다.

아이가 도서관활동에 참여하도록 허락하는 부모들 가운데도 아이들의 학업성취에 대한 욕심이나 입시에 대한 걱정을 떨쳐버리는 용기와 결단이 필요했다고 털어놓는 사람도 있다. 공부와는 거리가 먼 도서관, 심지어 터부시하는 도서관? 이렇게 억울할 데가! 우리가 도서관을 운영하는 이유는 누구나 읽고 배우고 지식과 정보를 맘껏 누리면서 성장하고 꿈꾸길 바라기 때문인데 말이다.

평가나 경쟁에서 놓여나 진짜 배움의 의미와 즐거움을 스스로 알아가려면 '아무것도 하지 않을' 자유와 시간이 필요하다고 생각했다. 그리고 아이들이 도서관에서 만나는 어른들은 교사나 양육자가 아니라 살아가는 데 필요한 많은 걸 함께 배워가는 동무가 되면 좋겠다고 생각했다. 아이들이 어른들을 단지 가르치고 돌보고 평가하고 책임지려는 사람이 아니라, 그들 스스로도 배우고 고민하며 성장하고 때론 실패하면서도 꿈을 꾸며 살아가는 사람들로 만나길 바랐다. 그래서 아이들이 그저 돌봄을 받을 권리만 보장받는 것이 아니라, 누군가를 '돌볼 권리'도 누릴 수 있기를 바랐다. 그런 시간을 통해 자신에 대한 믿음과 세상에 대한 믿음을 얻게 될 거라고 기대했다. 그런 바람이 전해지면서 아이들은 도서관에 오면 '주어진' 과제가 아니라 '하고 싶은' 일을 만나게 된다고 했다. 제 이름이 붙은 책상 하나 없는 이곳에 누구도 침해하지 않는 자기 자리가 생긴 것 같다고 했다.

도서관에서 보내는 시간을 쓸모없다고 여기는 부모들과 도서관에 오면 비로소 숨이 쉬어진다는 아이들, 그랜드캐니언의 거대한 협곡보다도 더 깊어진 간극을 과연 넘어설 수 있을까, 어떻게 접점을 찾을 수 있을까. 때때로 '이런 게 절망'이라는 생각이 들기도 한다. 그런 무력감을 딛고 소통의 길을 찾기 위해서는 단지 도서관의 역할과 도서관서비스 운영방침을 읊어대는 것으로 이해와 동의를 얻을 수는 없었다. 현실의 바닥을 좀더 깊이 파고 들어가서 불안과 두려움의 뿌리를 들춰내고 뒤집어보는 시간이 필요했다.

무엇보다 부모들과 아이들 모두 도서관의 이용자 혹은 잠재이용자였다. 여전히 도서관 책꽂이에는 우리를 꼼짝달싹 못하게 만드는 두려움과 불안을 거둬낼 지혜와 통찰력, 대안을 모색할 상상력을 얻도록 이끌어줄 책들이 가득 꽂혀 있다. 그리고 으름장을 놓거나 단죄하고 평가하는 것이 아니라, 함께 고민하며 길을 찾아갈 사람들이 만나고 소통할 공간이 있다. 그렇다면 도서관에는 한 사람이라도 더 그 책들을 펼쳐서 닫혀 있던 다른 한쪽 문을 열고 세상을 직면하도록 할 사명이 있는 것 아닌가. 도서관의 접근성은 걸어서 몇 분, 물리적 거리만이 아니었다. 책의 힘, 책 읽는 이들의 힘이 필요한 사람들이 그

곳에 닿을 수 있는 길도 필요했다. 그러기 위해서는 그들을 둘러싼
사회 환경과 그들의 고민, 바람을 이해하기 위한 소통이 필요했다.

한국에서 청소년은
100평 집에 살아도 소외계층

어떻게 하면 아이들이 '덜
자란 어른'이나 '부모의 소유'로 여겨지지 않을 수 있을까, 어떻게 소
통하고 공감대를 만들어가야 할까?

한국 사회에서 양육기간은 참으로 길다. 갈수록 길어진다. 본래 인
간의 양육기간이 다른 포유동물에 비해 터무니없이 길지만, 그중에
도 가장 긴 종은 '호모코리아나스'일 거라고 농담처럼 말하곤 한다.
불과 한 세대 전만 해도, 스무 살이면 사랑하는 사람과 아이를 낳고
일상을 꾸려가면서 한 사람의 사회인으로 홀로 설 수 있는 나이였다.
하지만 다 자란 청(소)년들을 미성숙한 존재로 보는 기간은 길어지고
점점 더 연장되고 있다. 스물은커녕 서른이 넘어도 자립은 어렵다.
세상에서 살아남기 위한 '준비과정'이라고, 언제 누가 선언한 것도
아닌데 누구나 그렇게 믿어버리게 되었다.

준비해야 할 과업은 학습에만 치우쳐 있다. 몸을 움직여 할 수 있는 일은 배울 기회가 없다. 외형적인 신체발육 속도는 더 빨라졌지만, 제 앞가림을 하거나 다른 사람을 사랑하고 돌보는 일은 보호자에게 의존할 수밖에 없다. 정서적 발달도 마찬가지다. 호기심, 설렘, 모험, 상상력 같은 것은 '쓸데없는 일'로 치부된다. 그래서 양육기간의 연장은 성장의 불균형으로 이어진다. 이것이야말로 '발달장애'라고 봐야 하지 않나. 그러고 보면 성장기 청소년의 90퍼센트 이상, 아니 99퍼센트가 발달장애를 겪는다고 해야 할 것이다.

문제는 또 있다. 학비, 생활비, 자립을 위한 주거비용 등 1인당 몇 억에 달한다는 '양육비'를 감당할 부모가 없는 아이들에게도 '자립에 적당한' 시기의 기준은 다르지 않다는 사실이다. 도서관에 다니며 청소년이 되고 청년이 된 아이들 가운데도 부모가 없거나, 없는 게 차라리 나았을 아이들이 있다. 아직은 더 자라야 할 아이들 어깨에 얹힌 짐은 무겁고 무겁지만, 특히 주거 문제는 창문 없는 고시원 외에는 답이 없다. '부모'를 세 글자로 풀면 '보증금', '고시원'을 열 글자로 하면 '보증금 없는 가장 싼 월세'라고 할 수 있을 정도다. 몇 년 동안 먹여주고 재워줄 곳으로 군대도 생각하지만, 그나마 중학교도 마치지 못한 아이들은 학력 미달로 군복무대상에서도 제외된다.

입시, 진학, 취업준비의 대열에서 한참 멀리 떨어져 있는데도 다른 선택지는 주어지지 않는다. 10대 후반부터 20대에 걸친 긴 시간 동안 유일한 생계수단인 '아르바이트'에 의존한 채, 학업과 취업 전쟁의 언저리에서 서성대는 주변인으로 지내야 한다. 사회가 그들을 양육할 책임을 분담하지는 않으면서, 여전히 '더 양육되어야 할' 존재로 여기는 것이다.

머리, 가슴, 몸의 불균형

몸과 정신의 불균형은 성장기 청소년의 오래된 특징이다. 하지만 양육기간이 길어지고 불균형이 심화되면서 방황과 혼란을 넘어 무기력과 무능력으로 이어지는 것은 다시 생각해볼 문제다. 신체발육도 세상에 대한 지식도 상당한 수준이지만, 정작 제 앞에 놓인 일상의 과제나 사적인 문제에 대해서는 기가 찰 만큼 무력하다.

실제로 많은 아이들이 '발달장애'를 겪고 있다고 할 만하다. 대학입시를 마칠 때쯤이면 머릿속에 입력된 지식과 정보의 양은 인생을 통틀어 거의 최고치일 것이다. 그런데 정작 밥도 못 짓고, 아픈 사람

이나 어린 아기를 단 하루도 돌보지 못하고, 누군가 부당한 폭력을 당하는 걸 보고도 무심하다면 그야말로 발달장애가 아닌가.

미카엘 올리비에의 《나는 사고 싶지 않을 권리가 있다》(바람의아이들, 2012)의 주인공 위고도 그래서 혼란스럽다. 올리비에는 프랑스의 청소년문학 작가로 국내에도 여러 작품이 번역, 소개되었다. 위고는 열세 살 되던 해, 교사인 부모의 전근으로 몇 년 동안 아프리카의 마요트 섬에 가서 살게 된다. 처음엔 섬의 모든 것이 프랑스 본토와 달라서 그저 낯설고 불편하기만 했는데 시간이 지나면서 차츰 혼란스러워진다. 원주민 마오레 족은 물고기를 잡을 때도 '살살, 살살'이라는 뜻으로 '폴레, 폴레!'라고 외치면서 딱 하루 먹고살 만큼만 잡는다. 그리고 마오레 족의 아이들이 유일한 본토 출신 백인인 위고 자신보다 훨씬 일찍 성숙했던 것이다.

6학년 내내 거의 전 과목에서 일등이었다. 내가 딱히 뛰어나서 그런 것도 아니다. 나는 여태까지 늘 울타리 안에서 애지중지 도움을 받으며 자랐다. 그러다 보니 인생에 대해서 아는 게 하나도 없었다. 마요트 아이들은 걸음을 떼기 전까지는 땅바닥을 밟는 일 없이 엄마 품을 떠나지 않는다. 하지만 그다음에는 갑자기 혼자 남겨져 홀로서기를 해야 한다. 본토

에서라면 머리에 헬멧을 씌워 자전거 타는 법을 가르치거나 칼이 들어 있
는 부엌 서랍을 못 열게 안전장치를 달아야 할 나이에, 마오레족 아이들
은 혼자서 제 몸보다도 큰 칼을 들고 숲 속에 들어가 지붕에 덮을 바나나
나무 이파리를 벤다.

위고의 혼란은 사서교사인 프랑소와즈 선생님이 원주민과 결혼해
낳은 딸 뤼시와 만나면서 극에 달한다.

"여기서는 여자애들이 사춘기만 되면 바로 여자 대접을 받는 거 아니?"
뤼시는 침대에서 일어나더니 내 눈앞에서 순식간에 알몸이 됐다. 그렇게
아름다운 것은 단 한 번도 본 적이 없었다. 그렇게 겁나는 걸 보는 것도 처
음이었다. "너희 본토 애들은 여자애들 대하는 법을 정말 모르는구나. 너
무 꽉 막혔어. 괜히 요란만 떨지!"

마침내 위고는 자이나바라는 소녀를 만나 성과 사랑에 눈뜨고 온
몸으로 자연과 생명에 눈뜬다. 위고의 폭풍 성장기는 내내 혼란과
'불균형'이라는 낱말을 떠올리게 했다. 몸과 정신의 성장에서 나타
나는 불균형, 의식과 의지와 행동할 수 있는 힘 사이의 불균형, 또래

친구, 이성친구, 가족이나 주변 어른 등, 상대와의 관계에 따라 달라
지는 자기정체성의 불균형 등등.

그런 위고의 모습은 그대로 아이답다. 작품의 후반부에서 '광고의
공격과 싸우는 레지스탕스'가 되었을 때도, 역시 요란만 떨었지 사
려 깊거나 세련되진 못했다. 이 작품의 미덕은 청소년들에게 길을 보
여주거나 답을 주려고 하지 않는 데 있지 않나 싶다. 그저 그들에 '대
해' 담담하게 이야기한다. 마치 열여섯 살 위고가 직접 쓴 일기 같다.
그래서 어쩔 줄 몰라 하는 어른들에게 한 가닥 실마리를 줄 수 있을
것 같았다. 소년이 소녀를 만나 남자가 되고 아버지가 될 수도 있는
성장의 혼돈을 위고 아빠와 함께 지켜보다 보면, "뭐가 되려고 이러
느냐, 널 어쩌면 좋겠냐"고 다그치는 것 외에 아이와 소통할 열쇠를
찾을 수 있을 것 같았다. 내게는 정말 그랬다.

지난 10여 년, 도서관에서 많은 청소년들의 성장통을 지켜보면서
도무지 이해하기 어려운 문제가 연애에 대한 집착이었다. 가장 답을
찾기 어려웠던 문제는 임신과 낙태였다. 아기를 낳아 엄마아빠가 된
아이들도 있고 몇 번이나 낙태를 거듭한 아이도 있다. 옳고 그름의
문제라기보다는 선택과 책임의 문제라고 생각했다. 그 점에서 아이
들과 나 사이에 간극이 있었다.

아이들은 끝없이 연애를 '필요로' 했고, 연애를 시작하면 '잠수'를
탔다. 전화, 문자, 메신저, 어떤 통로로도 연락이 닿지 않았다. 얼마
지나지 않아 서로에게 상처를 주고 헤어지면서도 다시 또다른 상대
를 찾는 일을 반복했다. 정해진 코스처럼. 도대체 왜 이러는 걸까? 어
떻게 하면 상처내기 게임처럼 보이는 일을 멈추고 진짜 사랑의 감정
을 배울 수 있을까? 끊임없이 질문을 던지면서 얻은 답이라고는 아
이들이 외롭다는 것, 상대방을 제대로 사랑하는 법을 배울 기회가 없
었다는 것, 정도였다. 그런데 위고와 프랑스와즈 선생님의 대화에서
또 하나의 답을 찾았다.

"그 애를 사랑하니, 사랑을 나누는 걸 사랑하니?" 선생님의 질문
을 받고서야 위고는 자신의 감정이 무엇이었는지 깨닫는다.

> 나는 내가 자이나바에게 푹 빠져 있고, 자이나바도 나한테 홀딱 반해 있
> 다는 사실을 사랑했던 것이다.

위고가 그랬던 것처럼, 많은 소년들이 소녀를 만나 진짜 남자가 되
는 달콤한 '환상의 맛'을 알게 되고, 아버지가 될 수도 있는 '혼돈'도
겪고 있을 것이다. 그 과정에서 어른들이 할 수 있는 몫은 무엇일까?

흥분, 당황, 충만함, 두려움이 뒤섞인 감정의 폭풍을 거치는 청소년들을 '이해하려고 너무 애태우지 말고' 조금 담담하게 바라볼 것. 청소년들이 우리를 흉내 내면서 성과 사랑에 눈뜨고 생명에 대한 책임을 배우며 인간으로 성숙해갈 수 있도록, 사랑하고 배우며 자신의 삶을 살아갈 것.

도서관에 가까이 있는 사람은 이런 점에서 독보적으로 유리하다. 책꽂이 앞을 가만히 거닐어보면 마이클 올리비에나 프랑소와즈 선생님, 위고처럼 든든한 응원단을 만나기 때문이다. 그들이 들려주는 이야기는 기억 속에서, 현실이었는지 꿈이었는지 영화나 소설의 한 장면이었는지 구분이 되지 않을 만큼 묻혀 있던 감정의 경험들을 흔들어 깨운다. 그것은 우리가 이미 공감할 준비가 되어 있다는 증거다. 그 힘으로 한결 용기를 낼 수 있다. 메이 아줌마와 오브 아저씨, 그들의 사랑스러운 서머가 그려내는 풍경처럼.

신시아 라일런트의 소설 《그리운 메이 아줌마》(사계절, 2005)는 이런 장면으로 시작한다.

나는 그렇게 애틋하게 서로 사랑하는 사람들은 처음 보았다. 두 분을 바라보고 있으면 이따금 눈물이 핑 돌곤 했는데. 6년 전, 그러니까 내가 이곳에 처음 왔을 때 너무 어려서 사랑이 뭔지 생각조차 못했던 시절에도 그랬다.

그러고 보면 내 마음 속 깊은 곳에서는 언제나 사랑을 생각하고 사랑을 보고 싶어했나 보다. 어느 날 밤, 오브 아저씨가 부엌에 앉아 메이 아줌마의 길고 노란 머리를 땋아 주는 광경을 처음 보았을 때, 숲 속에 가서 행복에 겨워 언제까지나 울고 싶은 마음을 꾹 참았으니까.

기억은 나지 않지만, 나도 그처럼 사랑받았을 것이다. 틀림없다. 그렇지 않고서야 그 날 밤 오브 아저씨와 메이 아줌마 사이에 흐르던 것을 보면서 어떻게 그게 사랑이라는 걸 알았을까? 우리 엄마는 돌아가시기 전에 윤기 나는 내 머리카락을 빗겨 주고, 존슨즈 베이비 로션을 내 팔에 골고루 발라 주고, 나를 포근하게 감싼 채 밤새도록 안고 또 안아 주었던 게 틀림없다.

엄마는 자신이 오래 살지 못한다는 사실을 알고 있었고, 그래서 어떤 엄마들보다도 오랫동안 나를 안아 주었던 게 틀림없다. 그리고 그 때까지 받은 사랑 덕분에 나는 다시 그러한 사랑을 보거나 느낄 때 바로 사랑인 줄 알 수 있었던 것이다.

소통이 발화되기 위한 거리

올리비에나 라일런트 같은 작가들이 작품으로 말을 건넨 것처럼, 도서관에서도 아이들을 있는 그대로 바라보는 기회를 마련하려고 했다. 먼저 수많은 위고와 서머가 등장하는 책들을 찾아내고 눈에 잘 띄게 꽂아두었다. 청소년 코너도 만들고, 아이들이 직접 또래들에게 소개할 책을 골라 책등에 스티커를 붙여 분류도 했다.

우리 옆에 살아 있는 위고나 자이나바들과 만나는 자리도 마련했다. 그럴 땐 '익명성'의 힘을 빌리는 게 아주 효과적이다. "남의 아이 남의 부모 만나기"라는 프로그램을 기획한 이유도 그 때문이다.

남의 아이, 남의 부모가 만난다? 제목만 들어도 어쩐지 뭔가 통할 것 같아 설렌다는 반응도 있었고, 뭐 그리 뾰족한 방법이 있겠냐는 심드렁한 반응도 있었다. 낙관과 비관이 엇갈리면서 빚어내는 묘한 긴장은 행사에 대한 기대를 더 크게 만들었다. 어쨌든 분명한 사실은 같은 이야기라도 남의 아이에게 들으면 이해도 되고 안쓰럽게 여겨지기도 해서 '정답' 축에 드는 조언을 해줄 확률이 높아진다는 것이었다. 아이 쪽도 마찬가지였다. 제 부모에게는 아무리 이야기를 해도 좀체 '내 맘은 알아주지 않고' 잔소리나 훈계만 늘어놓는다고 여기

기 쉬운데, 다른 집 아줌마 아저씨라면 제 편을 들어줄지도 모르겠다
고 여겼다.

소통이 발화되는 데는 필요한 거리가 있는 것 같다. 엔진이 잘 가
동되려면 워밍업이 필요하고, 좀 떨어져서 봐야 형체가 보이는 그림
처럼 말이다. 소통은 관계를 전제로 하지만, 너무 가까워 딱 달라붙
어 있으면 어떤 물리적·화학적 작용이 일어나기 어렵다. 적절한 거
리는 소통에 도움이 된다. 서로에게 기대나 욕심을 갖지 않기 때문에
좀더 솔직할 수 있고, 상대방의 부족함이 보인다고 해도 그것이 자신
에게 곧바로 영향을 주지 않기 때문에 날카롭게 방어하지 않는다. 거
리를 두면 그래서 너그러울 수 있고, 너그러워지면 상대방의 자리에
서 그를 볼 수 있는 여유가 생긴다. 그 여유를 타고 이해와 소통이 시
작된다.

"정말 고민이 많겠다, 그맘때는 나도 그랬는데, 실은 이 나이가 되
어서도 그래…."

답답해하고 화를 내기 전에 공감할 여지가 넓어진다. 그렇게 남의
부모, 남의 아이에 대해 이해하게 되면 자기 부모, 자기 자식을 이해
하는 실마리를 얻는 셈이다. 그다음은? 도서관에서 입이 닳도록 읊
어대는 원칙, 자발성과 상호작용의 잠재력을 기대하는 일만 남는다.

도서관은 소통을 위한 거리두기에 좋은 세 가지 조건을 갖추고 있다. 책, 만남 그리고 공간. 책은 나의 이야기도 너의 이야기도 아닌 제3의 주제를 무한대로 제공한다. 낯선 사람들 사이에도 소통을 시작할 이야깃거리를 얼마든지 찾을 수 있다. 이야기는 이야기를 낳아 도서관에서 만난 사람들이 서로에게 관심과 소통의 동기를 갖게 만든다. 서로에게 친밀감이 생기기 전에도 소통이 이뤄질 수 있다. 도서관에서 책을 읽어주거나 함께 읽는 시간은 엄청난 에너지의 소통이 발화되는 워밍업의 시간이다. 듣는 힘이 길러지면서 텍스트를 읽는 힘도, 상대를 이해하는 힘도 생긴다.

도서관에서 만나는 관계는 특별하다. 틀에 매이지 않기 때문이다. 가르치고 돌보고 지시하고 관리하는 관계가 아니기 때문에 서로 친구가 될 수 있다. 부모, 자식, 주부, 학생처럼 주어진 몫에 매이지 않기 때문에, 누군가 일방적으로 질문을 던지고 상대방은 기대되는 답을 내놓아야 하는 관계가 아니다. 이제 마을에서 도서관은 어떤 거래 관계나 목적 없이 '그저' 사람을 만나고 말을 섞고 추억을 공유할 수 있는 거의 유일한 공간이다. 세대가 다르고 직업이 다르고 학력이나 관심사가 다른 사람들이 만날 수 있다. 같은 세대의 만남에서도 관계의 틀과 밀도가 달라진다. 평가나 경쟁에서 벗어날 수 있기 때문이

다. 예를 들어 아이 키우는 사람들이 만나도 언제나 자녀의 성적으로
일등부터 줄을 세우고야 마는 학교의 학부모모임과는 다르다.

느티나무도서관 직원 가운데 한 사람이 이런 이야기를 한 적이 있다.

"아이들에게 이렇게 할 말이 많은 줄 몰랐어요. 어쩜 이렇게 이야기
가 끝이 없는지, 애들 몰려오는 시간이면 일을 못할 정도라니까요."

주고받을 이야기도 함께 나눌 시간도 잃어버린 채 입도 닫고 귀도
닫고 마음도 닫아걸었던 아이들이 이야기를 하고 싶어하고 듣고 싶
어하다니. 표정 없는 청소년들의 '무기력증'을 안타까워하던 우리에
겐 눈이 번쩍 뜨일 만큼 반가운 이야기였다. 그렇게 때론 놀라고 때
론 감동받으면서(물론 그보다 훨씬 많은 시간은 안타깝고 답답해하면서 보내야 했
지만) 알게 되었다. 도서관은 100만 명의 스토리텔러를 만날 수 있는
곳이라는 걸.

연민에서 공감으로

내 친구 키미는 아빠도 엄마도 없다. 고베에 살 때, 큰 지진이 나서 돌아가셨다고 한
다. 그건 또 어떤 느낌일까? 열심히 생각해 보았지만 아무리 생각해도 모르겠다. 아빠
와 엄마를 없애 볼 수는 없으니까. 그래서 키미가 왔을 때 물어보았다. "틀림없이 무
척 쓸쓸하겠지?" 키미는 잠시 생각하더니 이렇게 말했다. "그렇지도 않아." 정말일
까? "정말이야." 정말 그럴까?

— 나카야마 치나츠, 《어떤 느낌일까?》, 2006, 보림

공공성, 선언이 아니라
실천할 과제

도서관을 만들어놓고 보니 사방이 온통 '눈으로 보는' 책들로만 가득했다. 눈으로 보지 못하는 사람들은 어떻게 해야 하나? '공공'도서관답게 누구나 누릴 수 있는 공간이 되려면, 맨 먼저 넘어서야 할 문턱은 시각장애였다.

점자도서, 녹음도서, 촉각도서 같은 대체자료들을 사 모았다. 저시력인들이 모니터를 통해 책의 활자 크기를 원하는 대로 키워서 볼 수 있는 독서확대기, 책의 전체 텍스트를 2차원 바코드에 담아서 스캐너를 갖다 대면 헤드셋으로 내용을 들을 수 있는 보이스아이 같은 보조장비들도 장만했다. 구석구석 점자로 안내표지를 붙이고 명함도 만들 수 있도록 점자 프린터도 구입했다. 인터넷 이용이 늘어나면서 도서관 소장자료를 검색하는 도서관 홈페이지 역시 장애인차별금지법에서 정한 웹 표준에 따라 새롭게 제작했다. 시각장애만 고려해도 그렇게 넘어서야 할 문턱이 많았다.

도서관 이름 앞에 '공공'이라는 수식어를 달아서 선언한 것처럼 '모두를 위한 곳'이 되기 위해서는 문턱이 없어야 한다. 그런데 그게 참 어렵다. 1센티미터만 턱이 있어도 휠체어를 타고 이동하는 데 큰

장애가 될 수 있다. 어디든 휠체어를 타고 불편 없이 이용할 수 있으려면 건축 과정부터 인테리어, 가구 배치까지 고려할 요인도 갖춰야 할 장비도 많았다. 무엇부터 시작해 어디까지 해야 할지 알기도 어려웠다. 그래도 이렇게 눈에 보이는 서비스는 마음먹으면 할 수 있는 일들이었다. 아무리 비용을 들이고 품을 들여도 없애기 어려운 '더 높은 문턱'이 있었다. '보이지 않는 문턱'.

　장애인 쪽에서나 비장애인 쪽에서나 장애를 둘러싼 벽은 예상보다 높았다. 애써 장비와 자료를 마련해도 정작 이용할 장애인들이 도서관을 찾지 않았다. 장애인들에게 도서관은 여전히 너무 먼 세상이었다. 홍보와 협조를 청하려고 지역의 장애인협회나 복지관 같은 기관들을 찾아갔을 때 우리를 맞이한 건 반가움보다는 경계였다. 도서관을 체험할 기회가 없었던 장애인들이 도서관에 대한 기대를 갖기는 어려웠다. 도서관만이 아니었다. 장애인들이 세상을 향해 쌓은 벽은 짐작했던 것보다 높았다. 아마도 오랜 시간 동안 자신들의 존재를 있는 그대로 이해받고 존중받지 못하면서 자기방어기제가 작동한 결과였을 것이다.

　하나에 수백만 원이 넘는 장비를 구입하고 그 장비를 편리하게 쓸 수 있는 공간까지 할애해야 하는데, 이용되지 않는다면 서비스를 지속하는 것 자체가 벽에 부딪히기 마련이다. '한 달에 몇 명이나 이용한다고 이런 자료와 장비에 시간과 돈을 들여야 하느냐'는 문제제기가 끊임없이 이어졌다.

실제로 도서관들은 이용할 장애인이 없어서 서비스를 할 수 없고, 장애인들은 이용할 수 있는 도서관이 없어서 이용하지 않는 게 현실이었다. 먼저 이용할 수 있는 환경과 자료를 갖춰야 이용이 활성화될 수 있다는 주장과 최소한의 이용자가 있어야 필요한 예산을 할애할 수 있다는 주장은 닭과 달걀의 관계처럼 선후를 따지기 어려워 보였다. 그럼 무엇을 할 수 있을까. 우선순위나 속도는 늘 선택의 문제였다.

'모두를 위한 도서관'은 선언이 아니라 지난하게 실천해야 하는 현실의 과제였다. 효율성보다 공공성에 우선순위를 둔다는 원칙을 세운다고 저절로 공공성이 실현되는 것은 아니었다. 많은 것을 준비하고 또 배워가야 했다.

보이지 않는 문턱을 없애기 위해 우리가 찾은 방법은 '덤덤해지는 것'이었다. 덤덤해지는 데는 많은 것이 필요했다. 덤덤하다는 것이 차이를 '모르는 체'하거나 무시하는 게 아니기 때문이다. 오히려 차이를 제대로 알고 이해해서, 차이가 빚어내는 문제들을 적극적으로 해결하는 노력이 전제가 되어야 했다. '보이는 문턱'들을 없앨 수

있도록, 적어도 차츰 낮출 수 있도록, 다양한 대체자료와 보조장비를
갖추는 데 꾸준히 힘을 쏟았다.

왜 값비싼 그림책에 점자를?

보이지 않는 문턱을 없애
는 데 큰 효과가 있었던 것은 '점자통합그림책'이다. 이름에 '통합'
이라는 단어가 들어 있는 것만 봐도, 장애와 비장애의 구분을 없앨
수 있는 가능성을 짐작할 수 있다.

보통 점자책은 하얀 종이에 볼록볼록 점자를 박아서 만드는데, 점
자통합그림책은 일반 그림책을 가지고 각 페이지의 텍스트를 투명
한 점자라벨용지에 출력해서 해당 페이지에 붙인다. 그림도 살아 있
고 텍스트도 묵자와 점자 모두 살아 있는, 꽉 찬 형식이다.

통합그림책을 만들 무렵, 마침 '기적의도서관' 프로젝트가 시작되
었다. 전국적으로 도서관에 대한 관심을 불러일으키고 있는 기회를
놓치고 싶지 않았다. 기적의도서관 1호관 개관식이 방영될 텔레비전
화면에서 잠깐이라도 소개된다면, 여러 도서관에 통합그림책이 꽂
힐 수 있는 계기가 될 거라고 기대했다.

처음엔 반대에 부딪히는 바람에 개관 때까지 애를 태웠다. 시각장애인이 그림을 볼 수도 없는데 왜 비싼 그림책에 점자를 입히느냐, 전시용 아니냐는 게 반대 이유였다. 점자통합그림책은 시각장애아들이 보도록 만든 것이 아니다. 시각장애를 가진 부모가 정안인 아이에게 읽어줄 수 있도록 만든 것이다. 보지 못하는 사람도 아이를 품에 안고 그림책을 읽어줄 수 있기를 바랐고, 시각장애인 부모를 둔 아이도 엄마아빠 품에 안겨 엄마아빠 목소리로 그림책을 볼 권리를 누리기를 바랐다. 그런 취지를 설명해서 공감을 얻느라 1호관인 순천기적의도서관 개관식이 임박해서야 통합그림책을 제작할 수 있었다. 개관 준비로 한창 바쁜 시기에 책 목록을 들고 직접 서점물류센터에 가서 책을 가져왔다. 그리고 한국점자도서관에 떠안기듯 맡기고 재촉을 해대 야간작업으로 간신히 개관식에 맞출 수 있었다.

기대하고 애를 태운 효과가 있었다. 지금 꽤 여러 공공도서관에서 점자통합그림책을 만날 수 있다. 실제로 기적의도서관을 통한 홍보효과가 컸다. 뿐만 아니라, 미처 예상하지 못했던 쓰임새가 또 있었다.

시각장애인이 정안인에게
책을 읽어주다

점자통합그림책을 만든 덕
에 시각장애인이 그림책 읽어주는 자원활동에 참여할 수 있게 되었
다. 책을 읽어줘야 하는 '대면낭독봉사'(도서관 용어들은 왜 이렇게 낯선 걸
까. 도서관의 사회적 위상을 반영하는 것 같아 안타깝다)의 대상으로만 여겼던
시각장애인이 정안인에게 책을 읽어준다? 굳이 그럴 필요가 있냐고
하는 사람도 있었지만, 우리는 굳이 그렇게 해보기로 했다. 눈으로
보지 못하는 사람이 점자로 그림책을 읽어주고, 눈으로 보는 사람들
이 그 손가락 끝을 따라 눈으로는 그림을 읽으면서 이야기를 듣는 풍
경. 그런 시간이 쌓이면서 보이지 않는 문턱이 조금씩 낮아질 것이라
생각했다.

2012년 가을, 광화문 올레스퀘어 공연장의 '굿프렌즈' 행사에 느
티나무도서관이 초대된 날이었다. 200여 명이 빼곡하게 자리를 채운
공연장에 불이 모두 꺼지고 무대의 스크린에 점 하나가 비춰졌다. 피
터 레이놀즈의 그림책 《점》(문학동네어린이, 2003)의 첫 페이지. 느티나
무도서관 행사에서 절대로 빠지지 않는 낭독회가 시작되었다.

사방이 캄캄하고 빛이라고는 수화통역사를 비추는 조명등뿐인

데 책 읽어주는 목소리가 들리기 시작하자 객석에선 조용한 술렁임
이 일었다. 어디서 누가 읽어주는 것인지 두리번거리는 움직임이 느
껴졌다. 서너 페이지쯤 읽었을까, 따로 소개를 하지 않았는데도 어둠
속에서 책을 읽을 수 있는 사람이 누구일지, 사람들이 문득 알아차리
기 시작한 것 같았다. 숨소리까지 가다듬으며 몰입하는 기운이 어둠
을 타고 전해왔다.

굿프렌즈는 '착한소비'를 콘셉트로, 공익사업을 펼치는 기업과 단체
를 초청해 강연과 공연을 진행하는 프로젝트였다. 마침 느티나무도서
관재단 9주년을 앞둔 시점이라 후원자 초청행사를 겸해서 기획되었다.
공연장이 서울 시내 한복판인 데다가 도서관 이용자나 후원자만이 아
니라 주말 저녁을 보내려고 찾아오는 시민들도 참석하는 자리인 만큼,
도서관에 대해 말을 걸 수 있는 기회였다. 도서관의 가치를 확인해온
느티나무도서관의 지난 시간을 전시, 강연, 낭독회로 한올 한올 풀어내
기로 했다. 어떻게 하면 공공성에 대한 메시지를 담을 수 있을까 궁리
하다가 어둠 속에서 책을 읽는 순서를 마련한 것이다.

짧은 시간이었지만 눈이 보이지 않는 사람이 눈으로 보는 사람에
게 책을 읽어준 경험은 읽어주는 사람에게도 듣는 사람에게도 특별
한 의미를 가졌다. 도서관의 '공공성'은 일상 속에서 함께 배우고 실

천하는 가운데 비로소 구현된다는 사실도 우리는 그렇게 경험으로 배워가고 있다.

점자촉각낱말카드 프로젝트

시각장애에 대해 가장 많은 것을 배우게 해준 건 '점자촉각낱말카드' 프로젝트였다. 카드를 만들고 배포하기까지 2년여 동안 우리는 눈으로 보지 못하는 사람들이 도서관을 이용하려면 무엇이 필요하고 어떤 문턱을 없애야 하는지 하나씩 알게 되었다. 장애에 대해 얼마나 모르는 것이 많고 선입견도 많은지 새삼 깨닫는 시간이기도 했다.

흔히 시각장애인은 청각이나 촉각 같은 다른 감각들이 더 발달한다고 알려져 있다. 나 역시 그렇게 알고 있었다. 하지만 잃어버린 시각에 대한 보상으로 청각이나 촉각이 저절로 발달하는 것은 아니었다. 시각장애인과 비장애인의 후각을 비교 실험한 연구에서 장애인들이 더 폭넓은 범위로 냄새들을 분류한다는 결과가 나왔다. 하지만 냄새를 판별하는 능력에 차이가 있는 것이 아니라 냄새에 더 집중한 결과였다는 것이 연구자들의 분석이었다. 청각도 마찬가지였다. 잃

어버린 혹은 부족한 시력을 보상받기 위해 청력이 발달하는 것이 아
니라, 청력을 사용하는 전략을 개발하여 더 잘 사용한다는 것이다.

6개의 점으로 이루어진 점자가 눈으로 보지 못하는 사람들에겐 세
상을 읽고 만나는 중요한 삶의 도구라는 것도, 점자가 '정말 배우기 어
렵다'는 사실도 새삼 확인했다. 점자를 모르는 부모 밑에서 점자를 배
우는 것이 어려울 것은 말할 나위도 없다. 그런데 점자를 배우는 많은
아이들에게 마땅한 도구가 없어 우유팩에 송곳으로 자국을 내서 쓴다
고 했다. 이렇게 LTE급 속도로 변화하는 지식정보화사회에서! 그 충격
이 점자촉각낱말카드 사업을 하기로 마음먹게 한 동기였다.

점자촉각낱말카드 프로젝트는 '점점'과의 만남으로 시작되었다. 점
점은 각자 디자이너, 편집자, 강사, 작가 들로 시각예술과 어린이, 책과
관련된 일을 하면서 (사)한국시각장애인예술협회에서 활동하던 사람
들이 점자촉각책을 만들기 위해 만든 모임이다. 느티나무도서관학교
에 강사로 참여했던 이지원 선생을 통해 인연을 맺었다. 미술사를 연구
하면서 그림책 기획자이자 작가, 번역가로 활동하고 있던 이지원 선생
과 전시 큐레이터이자 작가인 김희경 선생, 인테리어디자이너이자 점
자촉각그림책 작가인 송혜승 선생 등이 핵심 멤버였다.

점점은 한 차례 점자촉각낱말카드를 만든 경험을 갖고 있었다.

2007년 국립국어원의 위촉사업으로 예산 지원을 받아 국내에서 처음으로 'ㄱ, ㄴ, ㄷ 점자촉각그림카드'를 개발했다. 손으로 만질 수 있는 촉각 그림을 넣어서 점자와 한글을 처음 배우는 아이들이 재미있게 글자를 익히면서 촉각인지 훈련도 할 수 있도록 만든 도구였다. 하지만 그 사업은 카드 '개발'로 한정된 한시적인 프로젝트였다. 애써 개발한 카드는 일부 맹학교와 시각장애인 시설에 시험적으로 무상배부되었을 뿐, 부모와 교사들의 문의와 요구가 이어졌지만 결국 배포되지 못했다. 카드가 필요한 아이들에게 널리 배포하려면 별도의 사업계획과 예산을 세워야 했다.

개발 프로젝트 자체도 사실상 미완성이었다. 점자촉각낱말카드가 제대로 쓰이려면 ㄱ, ㄴ, ㄷ 자음카드에 이어 ㅏ, ㅑ, ㅓ, ㅕ 모음카드와 낱말카드, 숫자카드 등이 개발되어야 하는데 자음카드를 개발하는 것으로 사업이 종료된 것이다. 눈앞에 길이 보이는데도 사업을 접어야 했던 멤버들은 미완의 사업을 지속하기 위해 점점이라는 팀을 꾸리고 기금을 마련하려고 여러 기업과 단체를 찾아가 사업제안을 하기 시작했다. 그 과정에서 느티나무도서관재단과 뜻을 모으게 되었다.

점자촉각카드 개발 경험은 느티나무도서관재단에서 새로 프로젝트를 시작할 수 있었던 토대인 동시에 도전이었다. 2년 전 국립국어원 지원사업이 남긴 숙제를 오롯이 안고 출발한 셈이었기 때문이다. 자음에 이어 모음까지 포함하는 낱말카드를 만들어야 하고, 개발에 이어 배포과정까지 고려해야 했다.

전국 맹학교는 열세 곳, 1,300여 명의 전체 재학생 가운데 저학년을 우선대상으로 삼아 약 500명의 아이들에게 카드를 배포하기로 계획을 세웠다. 미처 손대지 못했던 모음까지 포함하여 낱말카드로 제작하려니 콘텐츠 개발에만 꼬박 1년이 넘는 시간이 걸렸다.

(예산은 느티나무도서관재단의 친구도서관사업에 후원해온 인터넷서점에서 기금을 후원하고 홍보 캠페인도 벌여 세 군데 출판사와 개인 독자들의 후원이 보태졌다. 전체 사업에 들어간 비용은 5000만 원. 단순히 500명으로 나누면 1명당 10만 원이다. 그것도 여러 가지 문제와 아쉬움을 감수하고 비싸지 않은 소재와 인쇄기법을 사용한 결과였다. 수요도 제한되어 있으니 만일 시장에서 상품으로 출시된다면 가격이 얼마나 비싸질지 쉬 짐작할 수 있다.)

점자촉각낱말카드는 정안인들이 한글을 배울 때 쓰는 낱말카드와 크게 다르지 않은 형식이다. ㄱ, ㄴ, ㄷ… 자모에 기역, 니은, 디귿… 처럼 각각의 자모를 읽는 소리와 그 자모가 들어 있는 낱말이 커다랗게 쓰여 있고 그 낱말의 이미지가 그림으로 담겨 있다. 차이점이라면

글자와 그림을 볼록하게 도드라지는 엠보싱으로 만드는 것. 개발과
정은 생각보다 많은 시간이 들었다. 맞춤한 단어를 고르는 일부터 만
만치 않았다. 짧고 간단한 단어, 가능하면 받침이 없는 단어로 어린
아이들의 일상생활에 자주 등장하는 단어를 쓰려고 했다. 'ㄱ' 하나
에도 가지, 고양이, 가위, 가방, 감자 등 많은 단어들을 검토했다. 아
이들이 흥미를 가지면서도 이미지로 표현하기에 좋은 낱말을 고르
기 위해서였다.

처음엔 자음카드의 낱말에는 명사를 쓰고 모음카드에는 동사를
써서 하나씩 연결되는 문장을 만들 계획이었다. 하지만 샘플을 검토
한 맹학교 아이들과 부모, 교사들의 반응을 보고 나서는 손을 들고
말았다. 동사나 형용사는 이미지로 표현하기가 너무 어렵다는 걸 인
정해야 했다. 눈으로 보는 게 아니라 손가락으로 만져서 식별할 수
있는 이미지로 만들어야 하는데, 욕심이었다. 아쉽지만 계획을 수정
해 자음 모음 모두 명사를 쓰고, 일단 글자를 익히고 나면 동사 형용
사의 개념을 배우는 쪽으로 방향을 잡았다.

명사 가운데도 이야기, 키, 차례 같은 추상명사들은 이미지로 그려내
기가 몹시 어려웠다. 단어에 해당하는 이미지를 완성한 뒤에 다른 단어
로 교체하는 과정이 반복되었다. 눈으로 보지 않고 손으로 만져서도 알

수 있으려면 어떤 부분은 생략하고 어떤 부분은 과장해서 특징을 뚜렷하게 살릴 수 있도록 단순화해야 했다. 그렇게 신중하게 작업을 하는데도 놓치는 일들이 생겼다. 처음엔 이미지의 테두리를 선으로 도드라지게 만들었는데, 그것은 눈으로 보는 데 익숙한 정안인의 시각이었다. 사물을 눈이 아니라 손으로 만져서 인식하던 느낌을 떠올리려면 테두리 선이 아니라 면 전체를 도드라지게 만들어야 했다.

사물을 보는 각도도 중요했다. 다리가 넷 달린 의자를 흔히 옆에서 본 대로 그리면 등받이와 엉덩이가 닿는 시트를 직각으로 그리고 아래쪽에 양옆으로 두 개의 다리를 그린다. 그런데 그 상태로는 시각장애인이 의자를 알아보지 못했다. 하나의 평면 위에 네 개의 다리가 모두 보이도록 그려야 했다. 마치 유아용 그림책에서 자전거를 타고 가는 사람의 옆모습을 그리더라도 얼굴은 앞쪽을 향하도록, 그러니까 실제로는 고개를 완전히 옆으로 돌린 형태로 그리는 것과 비슷한 원리다. '이야기'라는 단어의 이미지도 디자인을 완전히 수정한 사례다. 처음엔 마주 보고 있는 두 사람의 옆얼굴을 그렸는데, 시각장애인의 검토와 자문을 거쳐 완성한 이미지에는 입을 벌리고 앞을 향한 두 얼굴이 나란히 그려졌다.

'점점' 팀원들은 국내외의 논문과 자료를 모아 연구하고 낱말 하

나하나마다 여러 차례 시행착오를 거치며 디자인 작업을 진행했다. 시안이 만들어지면 시각장애인들의 자문을 거치기 위해 샘플을 만들어야 했는데, 그 과정도 직접 맡았다. 적은 양의 카드에 엠보싱 인쇄를 할 수는 없었기 때문에 샘플은 손으로 이미지를 오리고 붙여서 만들어야 했다. 모두 미술 분야에서 활동하는 점점 팀원들은 자신들이 '칼질의 고수'라서 직접 샘플을 만든다고 농담처럼 말했지만, 실제로 아무에게나 맡길 수가 없었다. 칫솔모, 오징어 다리, 태극기, 한국지도 옆에 작은 점으로 표현한 독도처럼 미세한 이미지들은 집중력이 필요한 고난이도 작업이었다.

프로젝트를 마무리한 뒤에 또다른 문제가 드러났다. 갓 인쇄한 상태에서는 엠보싱이 도톰하게 돋아 올라서 손가락 끝으로 선명하게 식별할 수 있었는데, 시간이 지나면서 가라앉는 속도가 예상보다 빨라 이미지를 제대로 식별할 수 없게 되어버렸다. 소재와 제작방식의 문제였다. 엠보싱은 열과 압력을 가해서 필요한 부분을 도드라지게 만드는 방식으로 '형압'이라고 부른다. 종이의 재질과 두께가 중요했다. 너무 얇으면 아예 엠보싱 처리를 할 수 없고, 너무 두꺼우면 엠보싱이 터져버렸다. 비용부담을 감수하고 적합한 종이를 골라야 했다.

외국 자료에서 보았던 얇은 플라스틱 종이나 샘플 작업에서 시도

했던 톰슨 기법을 쓰지 못하는 게 아쉬웠는데, 그 아쉬움이 발등을 찧고 싶을 만큼 커졌다. 예산을 늘릴 수 없다면 카드 제작 수량을 줄이더라도 묵자와 이미지에까지 에폭시를 붙이거나 아예 카드 자체를 다른 소재로 만들어야 했다. 점자만이라도 따로 에폭시를 붙여서 만든 것이 그나마 다행이었다.

미완의 사업에서 출발했던 점자촉각낱말카드 프로젝트는 그렇게 또다시 숙제를 남겼다. 소재의 문제만도 아니다. 숫자카드도 개발해야 하고 알파벳카드도 필요하다. 해마다 맹학교에 새로 들어오는 아이들이 카드를 이용하려면 배포도 꾸준히 이뤄져야 한다. 아쉽고 안타깝지만 2009년 카드 제작과 배포를 마친 뒤, 우리는 한 군데 공공도서관에서 지속할 수 있는 일이 아니라는 걸 인정해야 했다. 점자카드 개발의 의미와 과정을 공감하고 예산을 지원할 수 있는 기관이나 기업이 나서서 해묵은 숙제를 해결할 수 있기를 기대한다. 점점과 함께한 프로젝트가 그런 동기유발의 계기도 되고, 우리가 배우고 겪은 시행착오가 오롯이 참고자료가 될 수 있기를 바라면서.

말로 보는 전시회

시각장애인예술협회와의
첫 만남은 잊지 못할 기억으로 남았다. 뒤집어 생각하는 것이 세상을
바꾸는 힘이 된다고 믿어왔지만, '전맹'인 아이들과 미술활동을 한
다는 건 충격이었다. 점점과의 인연은 그 뒤로도 만날 때마다 새로운
반전이 있어 늘 우리를 설레게 했다. 어린이책을 쓰고 만드는 일부터
연구활동과 강의, 전시회 기획까지 전방위로 활약하는 이지원 씨와
김희경 씨는 다양한 모임과 새로 인연을 맺도록 이어주는 고리 역할
을 했다. 모모뮤지엄도 그중 하나였다.

김희경 씨가 추진한 '모모뮤지엄' 프로젝트는 시각장애인들과 함
께 미술관 전시를 관람하는 프로그램이다. 철학을 전공한 사람답게
작품마다 깊은 사유를 불러일으키는 김희경 씨는 폴란드의 그림책
작가 이보나 흐미엘레프스카와 함께 작업한 《마음의 집》(창비, 2010)
으로 2011년 볼로냐아동도서전에서 라가치상을 받고 《열두 마리
새》(창비, 2012)라는 점자촉각그림책에 글을 쓰기도 했다.

'말로 보는 전시회'를 처음 접한 건 2008년 경기문화재단이 주관
하고 김희경 씨가 기획을 맡았던 일본의 장애인예술기관탐방에 참
여했을 때였다. 일본에서 장애인예술활동을 부르는 명칭인 '에이블

아트^{Able Art}' 현장을 둘러보다가 나라 시의 하나아트센터(전 민들레의집)
에서 열린 워크숍에 참석한 적이 있다.

  모모뮤지엄은 백남준미술관, 경기도미술관, 간송미술관 등의 전
시회를 찾아 시각장애인과 정안인이 짝을 이뤄 감상하는 방식으로
진행되었다. 맹인안내견까지 합류했다. 느티나무도서관에서는 도서
관에 다니며 자라 인턴으로 활동하던 청년들과 자원활동 멘토들까
지, 가장 많은 인원이 참여했다. 어떤 시간이 될까 기대도 하고 상상
도 했지만 실제 경험한 시간은 기대 이상, 상상 이상이었다. '말로 하
기 힘든' 느낌을 말로 주고받는 동안 평소 우리가 나누는 대화에서
얼마나 많은 것이 '생략'되고 있는지 새삼 깨달았다. 작품을 본 느낌,
다음 작품으로 옮겨가기 위한 동선 안내, 작품의 크기나 걸려 있는
위치와 배경에 대한 간략한 설명, 시각장애인의 질문에 대한 답, 모
든 것을 말로 담아야 하는데 좀처럼 느낌을 담을 수 있는 말을 찾기
어려웠다. 한편 말로 주고받지 않아도 많은 느낌이 공유될 수 있다는
신기한 경험도 했다. 눈으로 보지 못하면서도 몇 가지 간단한 설명을
듣고 기막히게 질문을 던지는 파트너들을 통해 '온몸으로 보는 것'
이 얼마나 강력한 힘을 갖는지 확인했다. 늘 서 있던 자리에서 한 뼘
만 자리를 옮기면 세상이 다르게 보인다.

팔을 만들려다가
실패해서 날개가 됐어요

　　　　　　　　　　　　말로 보는 전시회에는 언
제나 관람을 마친 뒤 전시장에 딸린 카페나 세미나실 같은 곳에 둘러
앉아 다과를 나누는 뒤풀이가 중요한 순서로 포함되었다. 참가자 가
운데 한 사람이 물었다.

　"조용한 전시장에서 쉬지 않고 이야기를 나눠야 하니까 다른 관람
객들에게 방해가 될 것 같아요."

　"안내견도 함께 다니려니 전시장 섭외가 힘든데 굳이 이렇게 행사
를 해야 할까요?"

　"차라리 도록을 잘 만들어서 탁자에 놓고 이렇게 편하게 앉아서
작품 이야기를 나누면 더 풍부하게 감상할 수 있지 않을까요?"

　다른 한 사람이 대답했다.

　"난 앞이 전혀 보이지 않는 '전맹'이지만 미술전시회 감상하는 걸
유난히 좋아해요. 미술전시회를 보려고 외국에 갈 때도 있어요. 전시
장마다 다르거든요. 바닥을 울리는 발걸음 소리, 작품 앞에 멈춰서는
소리, 천장의 높이나 벽의 마감재에 따라 달라지는 공기의 느낌까지,
다 달라요. 그 모든 걸 느끼면서 실물 작품을 감상하는 건 도록을 놓

고 설명을 듣는 것과는 비교할 수 없죠."

　그날 뒤풀이에서 나는 이야기하는 사람들의 표정과 몸짓, 목소리를 눈으로 보고 귀로 듣고 있었지만, 실제로는 눈과 귀가 아니라 가슴에 헤드셋을 끼고 있는 것 같았다. 그 사람의 목소리를 타고 문득, 몇 해 전 '우리들의 눈' 전시에서 보았던 작품이 떠올랐다. '우리들의 눈'은 시각장애아들의 미술작품으로 여는 전시회다. 점점의 멤버들이 활동하던 시각장애인예술협회에서 해마다 맹학교 아이들과 미술활동을 진행하고 거기서 만들어진 작품들로 전시회를 열었다. 점자촉각낱말카드 작업을 기획하던 당시, 전시회 작품들을 동영상으로 담은 CD를 선물받았는데, 영상에는 작품을 만들면서 아이들이 재잘대며 이야기한 내용이 자막으로 담겨 있었다.

　특별히 마음을 사로잡은 작품은 점토로 빚은 천사였다. 아니, 천사인 줄 알았다. 고개를 살짝 한쪽으로 기울인 채 반대쪽 날개(팔)를 활짝 펼쳐든 아이의 형상 위로 자막이 흘렀다.

　"팔을 만들려다가 실패해서 날개가 되었어요. 실패는 항상 나쁜 것만은 아닌 것 같아요."

　그 한마디는 묵직한 여운으로 남아 영상을 다시 볼 때마다 툭, 툭 질문을 던지게 했다. 지금 우리가 눈으로 보고 있는 세상이 전부일

까, 있는 그대로 세상을 보고 있다고 할 수 있을까…?

통합그림책과 점자촉각낱말카드를 만들고 독서보조장비를 마련한 것 모두 처음엔 장애가 도서관 이용에 문턱이 되지 않도록 하기 위한 것이었다. 그런데 시각장애서비스를 통해 정작 우리가 배우고 확인한 것은 그 이상이었다. 첫째, 세상이 '지나치게 눈 뜬 사람들 중심'으로 돌아간다는 사실과 또 하나, 눈으로 보는 것에만 기대어 청각, 후각, 촉각 등 다른 감각이 '지나치게 경시'되고 있다는 사실. 다시 말해 '비장애인들 앞에 놓인' 문턱이었다.

덤덤해지기 위해 필요한 것들

장애인과 마주치는 것조차 기피하던 과거에 비하면 사회 인식이 많이 개선되었다고는 하지만, 아직도 장애는 너무 특별하다. 그래서 한정된 자원으로 우선순위를 결정해야 하는 순간이 오면 장애는 여전히 '비용이 많이 드는', 택하기 어려운 선택지가 되어버린다. 이 땅에서 장애를 안고 살아가려면 여전히 일일이 주워섬길 수 없을 만큼 많은 불편을 겪고 상처를 받는다.

장애로 인해 겪는 불편이나 차별을 줄이고 인간다운 삶과 권리를 보장하기 위해 장애인은 등록절차를 거쳐 차별을 금지하고 보호를 받도록 법으로 정하고 있다. 등급에 따라 보호와 혜택의 내용도 달라진다. 그런데 장애인과 비장애인 혹은 정상인을 가르는 경계가 명확하지 않다. 장애인복지법 제2조에 따르면 장애인의 정의는 "신체적·정신적 장애로 오랫동안 일상생활이나 사회생활에서 상당한 제약을 받는 자를 말한다"고 명시할 뿐이다. 과연 장애인과 비장애인을 구분할 기준을 어떻게 정할 수 있을까?

팔다리를 다쳐 깁스를 하거나 휠체어를 타기도 하는 것처럼, 살아가면서 일시적으로 장애를 경험할 가능성은 얼마든지 있지 않은가. 누구든 신체적·지적·정서적으로 장애를 갖게 될 가능성은 언제나 있고, 장애를 가진 상태에서도 '그 사람'인 것은 분명한데, 장애를 갖는 바로 그 순간부터 순식간에 그의 정체성이 '장애인'으로 분류되어버린다. 장애를 안고도 조금이라도 덜 불편하게 생활할 수 있는 방법을 생각하면 좋겠는데, 순간 장애인으로 분류되어 다른 사람과 구분하는 특별한 그룹에 속하게 되는 것이다.

지하철이나 버스에 교통약자석이 처음 생겼을 때 이제는 배려가 필요한 사람들을 사회적으로 인정하게 된 것 같아 반갑기도 했지만 한구석에 씁쓸함도 남았다. 자리가 비어 있어도 앉지 않고 옆에 서 있으려면 어쩐지 머쓱해서 다른 곳으로 자리를 옮기곤 했다. 아기를 갖고 만삭이었을 때도 그 불편함은 크게 다르지 않았다. 그 자리에 앉을 대상인지 여부를 판단하는 것은 오롯이 자신의 몫이다. 어떤 날은 스스로 교통약자로 느껴지기도 하고, 때로는 기꺼이 자리를 양보할 만큼 건강한 상태일 때도 있다.

요새도 교통약자석을 둘러싼 다툼이 종종 신문기사에 오른다. 법령으로 정해 벌금을 물려야 한다고 주장하는 사람도 있지만, 실제 법으로 강제하기는 어렵다. 노인이나 장애인, 임산부, 환자에게 연령, 장애등급, 임신 주수, 치료기간 등을 일일이 따져 증명서를 발급하는 것은 불가능할 테니까.

교통약자의 기준을 정하는 문제를 놓고 씨름하기에 앞서 고려해야 할 점이 한 가지 더 있다. '수혜자 관점'이다. 사회적 배려가 실제로 법제화될 때, 과연 교통약자로 분류된 사람들은 마땅히 누려야 할 권리를 보장받았다는 뿌듯함만 느낄까?

사람들이 함께 살아가는 사회에서는 제도나 시스템으로 담아내기 어려운 빈틈이 수없이 많다. 아무리 정교한 시스템을 개발한다고 해도 완벽하게 틈을 채우는 것은 불가능할 것이다. 시스템과 자발적인 시민의식이 균형을 이루는 지점, 바로 그곳에서 그 사회의 품격과 구

성원들의 자긍심이 결정되지 않을까 생각한다. 덤덤해지면 소통의
길이 열린다. 소통으로 서로의 차이를 좀더 잘 이해하게 되면 '넘치
지 않는' 적절한 배려를 할 수 있다.

몇 해 전 일이다. 무릎 위에 책을 가득 얹은 채 아슬아슬하게 휠체
어를 타고 도서관으로 들어오던 청년이 기어이 넘어지고 말았다. 도
와주려고 일어서는데 어느새 30대쯤 되어 보이는 남자 이용자가 달
려가 청년을 안아 일으키려고 했다. 다리를 못 쓰지만 건장한 청년의
몸이 쉽사리 움직여질 리가 없다. 그대로 미끄러져 내렸다.

"아뇨! 어깨, 어깨…."

억지로 일으키려고 힘을 주는 바람에 청년의 얼굴이 일그러졌는
데, 도와주던 이용자가 청년의 말을 듣고 다시 어깨를 잡았다. 이런!
서둘러 넘어진 휠체어를 세워서 그 이용자에게 붙잡아달라고 맡기
고, 넘어진 청년 앞에 무릎을 굽히고 앉아 어깨를 내주었다. "여기쯤
이면 되겠어요?" 청년은 고개를 끄덕이며 한 손으로 내 어깨를, 다른
손으로 휠체어를 짚고 균형을 잡아 간신히 휠체어에 올라앉았다. 그
제야 어깨를 내달라는 말이었던 걸 알아차리고 연거푸 미안하다고
말하는 이용자를 보면서, 청년은 열 배쯤 더 미안한 표정이 되었다.

장애인 이용자들이 방문할 때 흔히 맞닥뜨리는 풍경이다. 앞을 보

지 못하는 사람을 만나면 흔히 등을 감싸거나 팔을 잡고 이끌면서 안
내를 하려는 경우가 많은데, 반대로 자신의 팔을 내주어 장애인 스스
로 지지하며 균형을 잡을 수 있도록 해야 한다. 알고 보면 전혀 어려
운 일이 아니지만, 가까이에서 장애인과 함께한 경험이 없으면 무엇
이 불편하고 어떤 도움이 필요한지 알기 어렵다. 장애인과 함께 지내
는 법을 따로 배울 기회도 없고 장애인을 만날 기회도 거의 없으니
잘못 알고 있거나 오해하는 것이 많은 게 당연하다.

　'넘치는 배려'도 문제다. 장애인을 너무 특별하게 바라보는 시선
이나 지나친 배려가 오히려 장애인들을 불편하게 만들 수 있고, 심하
면 또 한 겹의 소외가 될 수 있다.

달라서 좋은

　　　　　　　　　　　느티나무도서관에는 '금
지낱말'로 통하는 단어들이 있다. 실제 목록을 만들어놓고 제재하는
것은 아니다. 그저 될 수 있으면 쓰지 않으려고 애쓰는 낱말들을 그
렇게 부른다. 대표적인 예가 '말대꾸'다. 사실 도서관에서 말대꾸는
아주 반가워할 일이다. 책이 함께하는 삶과 도서관문화에 대해서 말

을 걸려고 애쓰는데, 말을 거는 사람에게 대꾸란 소통의 시작을 의미
한다. 어떻게 반갑지 않겠는가. 하지만 현실적으로 '말대꾸'라는 표
현은 자신의 이야기를 그대로 받아들이지 않는 사람을 만났을 때, 주
로 나이나 직위 등을 내세워 으름장을 놓는 데 쓰이기 때문에 느티나
무 금지낱말 목록에 들었다.

　'전용'도 금지낱말 중 하나다. 느티나무도서관에서는 어떤 자료나
장비에도 '장애인전용'이라는 꼬리표를 달지 않고 누구든 필요할 때
쓸 수 있는 '공용'으로 만들려고 온갖 궁리를 한다. 마치 안경이나 목
발처럼. 그래서 독서보조장비가 놓여 있는 열람대에도 장난꾸러기
들 재잘대는 소리가 끊이지 않는다. 글자 하나가 화면을 가득 채울
만큼 크게 보이는 독서확대기에 책을 올려놓고 이리저리 밀어보면
서 독서삼매경에 빠진다. 책만 놓고 보는 것도 아니다. 돌멩이, 아이
스크림 막대, 때론 코딱지까지 올려놓고 친구들을 불러모아 신나게
'읽는'다.

　후원금으로 운영하는 사립공공도서관이라 뭐든 고쳐 쓰거나 재활
용하는 데 이골이 났지만, 독서확대기를 실험용 현미경처럼 쓰는 아
이들을 당할 재간은 없다. 그래도 보육시설이나 학교에서 단체견학
을 오면 점자자료나 독서확대기를 꼭 한 번씩 펼쳐서 만져보도록 소

개하고 점자통합그림책을 읽어준다.

아이들이 독서확대기보다 더 치열하게 경쟁을 벌이는 것은 현관에 세워둔 휠체어. 도서관 건물을 새로 짓고 가구를 배치할 때 맨 먼저 장만한 것이 휠체어였다. 마침 인표어린이도서관 본부에서 일했던 김금란 선생이 새 집을 지은 기념으로 선물을 하고 싶다고 연락을 해왔다. 당시 중학생이던 김 선생의 아들이 공모전에 참가해서 받은 상금으로 휠체어 두 대를 선물해주었다. 공사 마무리와 이사로 한창 바쁘던 자원활동가의 아이들에게 돌아가며 휠체어를 타도록 해서 가구를 놓는 자리마다 앞장을 세웠다. 크고 작은 두 대의 휠체어는 이삿짐과 새 가구가 자리를 잡는 내내 눈금자 역할을 했다.

이사를 마친 뒤에도 휠체어는 대부분 아이들 차지였다. "몸이 불편한 사람을 위해 마련해둔 것"이라고 써 붙여놓은 것에 아이들도 마음이 쓰이긴 하는 모양이다. 오늘 학교에서 배가 아팠다는 둥, 축구를 해서 다리가 후들거린다는 둥, 자기가 휠체어를 타야 할 이유가 있다는 걸 증명(?)하려고 엄살을 부려댄다. "몸이 불편하거나 엄~청 무거운 짐을 옮길 때만 타기로 해요"라는 문구가 붙어 있는 엘리베이터를 당당하게 타기 위한 수단으로 휠체어가 등장하기도 한다. 느티나무도서관이 어디에도 턱이 없이 만들어진 데는 그렇게 온갖 명분을 찾아서 휠체어를 타고 도서관 구석구석을 누빈 아이들 공이 컸다.

비싼 장비들을 저렇게 함부로 다루도록 놔둬도 되냐, 정작 장애인들이 왔을 때 쓸 수 없으면 어떡하느냐, 걱정도 하고 때로는 나무라는 사람도 있다. 사실 입구에 마련해둔 휠체어는 장애인용이 아니다. 장애인들은 대부분 자기 휠체어를 타고 온다. 물론 고장이 나거나 바퀴에 바람이 빠지면 휠체어가 꼭 필요한 사람이 왔을 때 사용할 수 없으니 조심해서 다루자고 끝없이 말을 건다. 늘 효과가 있는 건 아니다. 그래도 휠체어가 고장 날까 걱정하기보다는 누구에게나 익숙해지길 바라는 마음이 더 크다. 적어도 열람실의 다른 의자들이 망가지는 것과 마찬가지로 덤덤해지려고 한다. 휠체어도 타보고 독서보조장비도 써보면서 장애를 더이상 낯설어하지 않게 될 때, 도와주려고 하기보다 그저 함께 장애를 안고 어울려 사는 법을 몸으로 배우게 될 것이라고 생각하기 때문이다.

느티나무도서관에서 점자통합그림책을 만들기 시작한 지 10년이 다 되어가는데도 아직까지 시각장애인이 이용하는 경우는 거의 없다. 장애인협회나 복지관을 통해 기관대출이나 방문대출도 해보려고 했으나 번번이 경계와 문턱을 확인한 채 또 몇 해를 흘려보냈다.

점자촉각낱말카드를 만들고 나서 배포할 대상아동 숫자를 파악하

고 홍보도 할 겸 전국의 맹학교에 연락을 시도했을 때도 다시 문턱을 확인해야 했다. 마침 가까운 대안학교에서 인턴십을 신청한 고등학생들이 도서관에 와 있던 때라 뿌듯한 체험이 될 거라는 기대로 홍보를 맡겼는데, 신용카드 홍보 콜센터의 아르바이트생처럼 애를 먹었다. 후원금으로 제작해서 무료로 배포하는 거라고, 샘플과 함께 신청서를 보내겠으니 필요한 학생 수만 적어서 회신을 해달라고, 판매용이 아니니 절대로 나중에 청구서를 보내는 일은 없을 거라고, 아직 어린 학생들에게 맡기기에는 안쓰러운 멘트를 결국 아이들이 자청해서 하게 되고 말았다.

공공도서관에서 장애인자료나 다문화자료를 서비스하려고 해도 활성화되지 않는 데는 여러 가지 이유가 복합적으로 얽혀 있다. 무엇보다 '차이'와 '다름'에 대해 너무 예민한 사회적 인식이 조금 무디어질 필요가 있을 것 같다. 시간이 필요할 것이다. 우리는 할 수 있는 일을 하면서 장애인들 스스로 도서관에 대한 기대와 신뢰를 가질 때를 기다리기로, 아니 그런 때를 만들어가기로 했다. 장애가 있든 없든 누구나 자유롭게 점자통합그림책을 볼 수 있고 외국어자료도 볼 수 있도록 열어놓는 방식으로 말이다.

우리는 이렇게 공공성이라는 말의 뜻을 끊임없이 해석하고 사유

하면서 좀더 적극적으로 공공성을 '실천'할 길을 상상하고 실천해나
가려고 한다. 일방적으로 돕고 돌보고 교정하려 들기보다는 있는 그
대로 차이와 다양성을 존중하면서 함께 살아가는 법을 배우려고 한
다. '장애인 전용' 도서관을 만들기보다는 전국 어느 공공도서관이
든 장애인들이 이용할 수 있도록 만들자고 하는 것도 그런 이유다.
보이지 않는 문턱이 생기지 않도록 하고, 돌봄이 필요한 사람들을 특
별한 서비스 '대상'으로 삼기보다는 함께 흔들리며 살아가는 법을
배우려고 한다.

다름, 차이에 우리는 얼마나 서툰가

1990년 1월, 혁명이 휩쓸고 지나간 황폐한 부쿠레슈티에 적십자 트럭들이 처음 도착했을 때, 사람들은 왜 구호물품 중에 책은 없느냐고 물었다. 정보에 목마른 루마니아인들에게 책은 음식이나 약품, 담요만큼 중요했다.

— 〈크로니클 오브 하이어에듀케이션The Chronicle of Higher Education〉, 37(42): B2(1991. 7. 3)

절대절망의 순간에
책을 떠올리다

2005년 봄, 스리랑카에서
편지를 받았다. 2004년 말 인도네시아 해안에서 발생한 쓰나미가 남
아시아를 할퀴고 간 겨울의 끝자락이었다. 느티나무도서관이 있는
용인의 시민단체들이 모금해서 보낸 돈으로 아이들에게 책과 공책,
가방을 사서 다시 공부를 시작할 수 있도록 지원했다는 소식이었다.

그해 겨울 '아체의 눈물'로 세계를 울렸던 쓰나미 소식을 듣고 용
인에서도 시민단체들이 거리 모금에 나섰다. 용인에는 마침 소외된
사람들을 돕는 가톨릭평신도공동체 한국CLC에서 이태 전쯤 문을
연 이주노동자인권센터가 활동하고 있어서 피해지역의 상황을 전해
들을 수 있었다. 모금한 돈도 센터 회원들 가운데 절반 이상이 피해
를 당한 스리랑카의 이주노동자들을 통해 직접 전달할 수 있었다.

도서관은 늘 사람이 모이는 곳인 데다가 모금활동을 위해 함께하
는 단체들이 모여서 회의도 하고 홍보물도 만드는 사무국처럼 쓰이
기도 해서 모금에 참여하는 사람도 많았다. 스리랑카가 어디쯤 있는
지도 모르는 아이들까지 눈에 보이는 박스를 죄다 모금함으로 만들
어 거리로 나섰다. 그런데 추위에 발을 구르며 모금을 하면서도 정작

그 돈이 책을 사는 데 쓰일 거라는 생각은 하지 못했다. 날마다 도서
관과 책 생각만 하는 사람들이 말이다.

　대학시절 수해복구활동을 다녀온 뒤로는 '수해'라는 말을 들으면
곧바로 '절대절망'이 떠오른다. "차라리 불이면 물 길어다 꺼보기라
도 하지⋯." 논두렁에 주저앉아 무게를 가늠할 수 없는 한숨에 혼잣
말을 실어내던 할아버지에 대한 기억 때문이다. 벼 한 포기도 일일
이 손으로 씻어내고 다시 꽂아야 하는 작업을 하면서 수해가 얼마나
지독하게 '모든 것'을 휩쓸어가는지 그때 알았다. 그런데 쓰나미라
면⋯, 절망의 무게를 가늠할 수도 없었을 상황에서 책을 떠올렸다니!

　머리를 한 대 맞은 것처럼 정신이 번쩍 들었다. 느티나무가 자리
잡고 있는 용인시에 이주노동자인권센터가 문을 연 뒤 해마다 열리
는 아시아문화축제나 후원행사에 도서관 회원들과 참여하고 지역에
이슈가 있을 때 다른 단체들과 함께 여러 활동을 도모하기도 했지만,
이주민들을 위한 도서관서비스를 시도한 적은 없었다. 당시 용인은
대중교통 여건이 좋지 않아 도서관에서 센터까지 가려면 1시간을 훨
씬 넘길 만큼 멀기도 했지만 무엇보다 네팔, 몽골, 베트남, 스리랑카,
방글라데시⋯, 사용하는 언어가 한두 가지가 아니어서 책을 장만해
제공할 방법은 엄두도 내지 못했다.

피해지역에 보낸 지원금으로 약이나 먹을거리, 담요 대신 책을 샀다는 이야기는 그동안 만나온 이주민들에 대해 다시 생각하게 만들었다. 지금은 이주민센터로 이름도 바뀌고 회원들 가운데 결혼이주여성들의 가족도 많이 늘어났지만, 당시 센터의 회원은 대부분 외국인노동자들이었다. 3년에서 5년쯤 돈벌이를 위해 고향을 떠나온 사람들. 그 시간 동안 아이를 낳아 아빠가 되는 사람도 있고 미등록이주노동자 단속으로 쫓겨가는 사람도 있었다. 온갖 사연을 들을 때마다 안타까웠지만, 가장 안타까운 것은 그들이 겪고 있는 이 시간도 분명히 '목표를 위해 저당 잡히기엔 너무 아까운' 그들의 삶이라는 점이었다.

도서관은 이주민들에게 어떤 곳일 수 있을까, 어떤 역할을 해야 할까, 다시 고민하기 시작했다.

한국 사회에 적응하기 위해 한글과 한국문화를 배우는 데 책이 도움이 될 건 말할 나위도 없고, 고향의 소식과 정보를 접하는 것도 큰 힘이 될 테니 한국어로 된 자료와 각국 현지에서 발행된 자료가 모두 필요할 것이라고 생각했다. 나라별로 잡지도 몇 권씩 꼭 구독하자고 계획을 세웠다. 하지만 얼마나 '야무진' 상상인지 금세 드러나버렸다.

생각했던 것보다 넘어서야 할 벽은 높았다. 믿기 힘들었지만, 국내

에서 일본을 제외한 아시아권의 언어로 된 책을 구입할 통로는 한 군데도 없다는 걸 확인하는 데는 그다지 오래 걸리지 않았다.

네팔, 베트남, 몽골, 스리랑카…, 각국 대사관과 문화원에 무작정 전화를 걸고 협조공문을 보냈다. 해외 현지에서 활동하는 한인회나 한인학교에도 연락하고 재한몽골학교, KOICA, (사)한몽교류진흥협회 같은 교류단체를 통해 현지에서 도움을 줄 사람들을 찾았다. 우리 스스로 무모하다고 여길 만큼 정보도 없고 사례도 없었다. 책 목록을 얻으려고 외국어대학교의 도서관에 찾아갔다가 전공서적들만 가득 꽂혀 있는 것을 보고 그제야 아차, 했던 기억. 물어물어 동대문시장 몽골타운을 찾아가 상점들을 돌며, 현지 물건을 들여오는 길에 잡지를 사다줄 수 있는지 묻다가 눈총과 오해를 받기도 했다.

책은 이용하기 위한 것이다!

네팔, 몽골, 베트남, 나라별로 출판 여건도 다르고 한국에 와 있는 자국민들에 대한 관심도도 달랐다. 어떤 나라는 책값보다 현지에서 책을 구하고 배송받기까지 드는 비용이 훨씬 더 컸다. 매번 처음인 것처럼 부딪히고 길을 찾아야 했다. 스리랑카는 현지 도서관과 연결돼 책 목록을 받을 수 있었다. 인터넷을 통해 책을 구할 수 있는 유일한 곳은 베트남이었다. 주한 베트남대사관에서 인터넷도서 판매대행사의 웹 주소와 담당자 연락처를 받았다. 마침 그 대행사가 서울북페스티벌에 참가한다는 계획을 듣고 코엑스COEX 행사장을 찾아가서 직접 책을 건네받아 배송료 부담을 더는 행운을 누리기도 했다.

정답이 없다는 걸 확인하면서 오히려 여유가 생겼다. 원칙이나 매뉴얼을 정하려고 애쓰지 말고 나라마다 상황마다 할 수 있는 걸 하기로 했다. 언론사 특파원, 선교사, 여행사 직원, 어떤 식으로든 끈이 닿는 사람들을 찾고 말을 건넸다. 눈이 번쩍 뜨이게 반가운 사람들도 만났다. 인천의 한국이주노동자인권센터에서 이미 운영하고 있던 드림Dream도서관, 부천아시아인권문화연대의 꼬마도서관 같은 곳을 알게 되었을 때는 사막에서 오아시스를 만난 것 같았다.

가장 큰 힘이 된 건 외국인노동자들이었다. 나라별로 커뮤니티를 만들어 활동하는 사람들이 모여 어떤 책이 있으면 좋을지 목록을 만들어주고, 통역사 역할도 톡톡히 해주었다. 베트남의 도서판매 대행사에 웹사이트를 통해 책을 주문할 때는 책을 고르는 것부터 이메일과 전화로 연락을 주고받는 모든 과정을 베트남인 광진 씨가 도왔다.

광진 씨는 CLC이주노동자인권센터에서 만난 젊은 아기아빠로 일상 대화에는 거의 불편함이 없을 만큼 한국어 실력도 뛰어났다. 그 뒤로 도 달마다 느티나무도서관에서 열린 '여러 나라 책 읽기' 프로그램 에 여러 차례 참여해 책을 읽어주고 베트남 사람들 이야기도 들려주 었다.

좌충우돌 온갖 시행착오를 거치면서 도서관 현실을 다시 확인했 다. 차츰 도서관에서도 다문화서비스가 필요하다는 이야기들이 나 오기 시작했지만, 내용을 들여다보면 한국을 체험하는 프로그램이 나 문화행사들뿐이고 도서관서비스로 이어지지 않는 이유를 짐작할 수 있었다. 나이, 성별, 국적, 인종, 종교, 장애…, 어떤 차별도 없이 누 구에게나 도서관서비스를 보장해야 한다는 공공도서관선언이 다른 무게로 다가왔다.

책이 배달되기 시작하면서 또다른 벽에 부딪혔다. 책꽂이에 책을 꽂기까지 풀어야 할 숙제가 한두 가지가 아니었다. 제목조차 읽을 수 없는 책들을 대체 어떤 순서로 어떻게 꽂아야 할지 막막했다. 간간이 영어가 병기된 내용이나 삽화를 보고 더듬더듬 분류를 해보았지만, 그렇게 할 수 있는 책은 많지 않았다. 책을 대출하려면 도서관용 전 산시스템에 입력해서 목록을 만들고 바코드도 출력해 붙여야 하는

데 여러 언어를 입력할 수 있는 '유니코드'를 사용하는 시스템은 비용이 엄청났다.

책은 '이용하기 위한' 것이라는 원칙에만 매달리기로 했다. 제목을 네팔001, 네팔002, 네팔003… 같은 식으로 적어넣고 바코드를 붙였다. 문헌정보학 교수님들이 보시면 기가 찰 노릇이었다. 그래도 어렵사리 구한 책들을 '제대로' 정리할 방법을 찾기 위해 서고에 쌓아두는 건 너무 아까운 일이었다. 대출서비스는 공책을 한 권 펼쳐놓고 책을 빌리는 이주민이 직접 자기 이름과 빌릴 책의 제목을 써넣도록 하고, 반납할 때 그 목록에서 자기 이름과 책 제목을 찾아서 짚어주면 옆 칸에 반납된 날짜를 표기하는 식으로 시작했다.

시간이 지나면서 조금씩 요령이 생겼다. 해당 언어권의 사람은 책표지를 보면 내용을 짐작할 수 있으니, 수천 권의 책 표지를 모두 스캔해서 목록을 만들기로 했다. 지금도 느티나무도서관 홈페이지 메인화면 오른쪽에 'foreign language books'라는 버튼을 누르면 여러 나라 언어로 된 책의 표지들을 볼 수 있다. 이미지를 누르면 목차 페이지를 스캔한 이미지도 뜬다. 궁여지책이었지만, 인도의 도서관 사상가 랑가나탄의 5법칙 가운데 제1법칙인 "책은 이용하기 위한 것이다Books are for Use"를 실천한 대표적인 예라고 생각하기로 했다.

책 제목을 로마자 알파벳으로 표기하는, 즉 로마나이즈 방법을 찾아낸 것도 이주민 자원활동가들의 덕이었다. 휴대폰으로 문자를 주고받는 것을 보고 어떻게 하는 것인지 궁금해했더니 자신들의 언어를 소리 나는 대로 알파벳으로 써서 소통한다고 했다. 그 말을 듣고서 책 제목을 자원활동가가 읽어주면 소리 나는 대로 알파벳으로 받아 적어 입력하는 아이디어를 떠올렸다. 수천 권 책의 표지와 목차를 스캔하고 각 나라별 자원활동가를 찾아 제목, 지은이, 분류주제어를 로마자로 표기하기까지는 시간과 품이 많이 들었다. 하지만 그 시간도 고스란히 이주민들을 만나고 더 깊게 이해하는 과정이 된 것은 말할 나위 없다.

스리랑카에서 온 편지를 받고 꼬박 2년이 지난 2007년 4월, CLC 이주민센터에서 '작은느티나무문고' 설치 협약식을 가졌다. 이주민들이 많이 거주하는 용인 동부지역에서 느티나무도서관이 있는 서부지역까지 대중교통이 연결되어 있지 않으니 단체대출 형태로 책을 센터에 꽂아놓고 그곳을 찾는 이주민들이 쉽게 이용할 수 있도록 한 것이다. 마침 그해에 이주민센터가 경기문화재단의 공모사업에 선정되어 리모델링 비용을 지원받았다. 지원금으로 공동체 공간으로 쓰던 방에 도배도 하고 서가와 좌탁을 구입해 작지만 아늑한 열람

Việt Nam | MOHГO.

베트남어 | Vietnamese | Mongolian | 몽골어

실이 꾸며졌다. 센터에서 운영하는 한글교실이나 치과 진료를 받으러 오는 회원들이 작은느티나무문고에 꽂힌 책들을 이용했고, 종종 느티나무도서관까지 찾아오기도 했다. 교통편을 구하기 어려운 이주민들을 위해 주말이면 차를 갖고 빌릴 책과 반납할 책을 배달해주는 자원활동가도 있었다. 7년이라는 시간이 흐르는 동안 아직 이주민에 관련된 제도와 인식이 정착되지 못한 현실에서 센터는 끊임없이 우여곡절과 변화를 겪어야 했고, 결국 사업 방향과 공간이 달라지면서 2013년 CLC이주민센터의 작은느티나무는 문을 닫았다. 그곳에 꽂혀 있던 책들은 다시 잘 이용될 수 있는 곳을 찾아 성공회에서 운영하는 파주의 이주노동자센터 샬롬의집으로 자리를 옮겼다.

기우뚱한 균형

무모하다고 할 만한 시도들을 이어올 수 있었던 힘은 두 가지로 꼽을 수 있다. 첫째, '사립'도서관이라는 사실. 평가에서 놓여나기 힘든 공립도서관이라면 이렇게 비효율적이고 소모적으로 보이는 일을 지속하기 어려웠을 것이다. 둘째, 협력의 힘이다. 다문화서비스를 시도할 계기를 만난 것은 한국CLC이주민센터와의 교류를 통해서였고, 끊임없이 흔들리고 기우뚱거리면서도 지금까지 이어온 과정에서 센터는 든든한 파트너가 되어주었다.

하지만 넘어서야 할 벽은 여전히 남아 있다. 지금 느티나무도서관의 외국어자료는 6,000여 권, 전체 장서 5만 권의 10퍼센트가 넘는다. 그런데 등록한 외국인은 200명쯤으로 회원 4만 3000명 가운데 5퍼센트 정도고, 지난 한 달 책 대출은 80여 건, 전체 대출의 1퍼센트에도 못 미친다. 그런데도 이렇게 많은 수고를 들여 서비스를 지속해야 할지 해마다 사업의 우선순위를 놓고 고민하게 된다. 다른 도서관들에서 다문화서비스가 필요하다고 여기면서도 막상 시작하지 못하는 이유도 다르지 않을 것이다. 힘겹게 다문화코너를 조성해놨는데 이용이 되지 않는다는 게 많은 도서관들의 고민이다.

다행히 도서관 다문화서비스의 여건이 나아지고 있다. 그사이 다국어자료 구입을 대행하는 업체가 여러 곳 생겼다. 구입할 수 있는 책의 범위가 제한되어 있긴 하지만, 도서관 전산프로그램에 반입할 수 있는 서지사항DB까지 제공한다. 특화된 다문화도서관들도 생겨나 경험과 노하우, 네트워킹에 힘을 얻을 수 있게 되었다. 국립중앙도서관을 비롯해 정부 차원의 도서관 정책에서도 다문화사업이 추진되고 있다.

아쉬운 점은 국가 차원의 다문화도서관 정책이 여전히 도서관 고유의 역할보다는 행사나 프로그램 지원 비중이 크다는 사실이다. 자료를 수집하고 제공하기 위한 인프라를 구축하고 지역의 관련단체나 기관을 연계할 수 있도록 지원하는 것처럼, 개별 도서관들이 감당하기 어려운 일에 정부가 나서야 한다. 말할 나위 없이 많은 예산과 인력, 시간을 들여야 하는 일이다. 따라서 사회적으로 필요성을 공감하고 지지하는 공감대가 이뤄져야 한다. 그 지점에서 우리는 무엇을 할 것인가?

먼저 공공도서관 이념을 구현하기에는 그동안 쌓아온 토대가 거의 없었다는 것을 인정하는 데서 출발해야 할 것이다. 없었던 것을 만들어가는 시기에는 단기적으로 성과를 따질 수 없는 '기우뚱한 균형'이 필요하다.

다문화서비스 1호는
'이 땅에서 나고 자란 사람'

느티나무도서관이 다문화서비스를 시작하면서 가장 중요하게 생각한 원칙은 '소외계층을 위한 시혜'가 되지 않도록 하자는 것이었다. 이주민 100만 시대에 이주민들이 정체성을 잃지 않고 어울려 살아갈 환경을 만들려면 중요하게 지켜야 할 원칙이라고 생각했다.

　여전히 '폐쇄적'이라고 할 만큼 이 땅의 문화와 정서는 낯선 사람들을 만나는 데 서툴다. 자라면서 단일민족이라는 것을 자랑스럽게 여기도록 교육받았고, 그것이 왜 미덕이 되어야 하는지 생각해본 적도, 다양성을 경험할 기회도 갖지 못했으니 당연한 일이다. 다행히 지난 몇 해 동안 도서관계에서 다문화서비스에 대한 관심이 크게 늘고 꽤 여러 나라 책을 구입할 수 있는 업체들도 생겨나 반갑고 기대가 되지만 걱정도 있다. '소외계층'을 위한 서비스라는 인식이 자칫 이주민이나 다문화가정에 또다른 문턱이 되지 않을까 하는 염려가 앞선다.

　도서관의 기본이념인 공공성을 구현하기 위해서는 언어나 장애 등의 이유로 도서관에 접근하기 힘든 소수자들을 섬세하게 고려하고 더 적극적으로 서비스해야 한다. 하지만 '특별함'이나 일방적인 '배려'로는 자유롭고 대등한 관계를 이어가기 힘들다. 또 한 겹의 소외를 일으킬 수 있다. 다양성과 차이를 존중하며 어울리는 일은 일상 속에서 함께 삶으로 살아내야 할 '문화'다. 장애인이나 이주민, 학교 밖청소년, 미혼모 같은 소수자들을 돌보고 치료하고 교정해서 적응하도록 도와야 할 대상으로 볼 것이 아니라, 있는 그대로 존중하면서 함께 살아가는 법을 서로 배워야 할 것이다. 욕심을 내자면 덤덤해지는 것, 다문화서비스가 더이상 '소수자 서비스'가 아니라 모두에게 필요한 당연한 공공도서관서비스가 되는 것이다.

다문화서비스라는 명칭도 문턱이 될 수 있다. 다른 이름을 찾지 못해 여전히 그 용어를 쓰고 있지만, 내내 마뜩지 않다. 다문화주의란 이주민들을 자국 문화에 적응시키려는 '동화주의'와 다르게 다양성을 그대로 존중하자는 의미다. 그런데도 언제부터인가 '다문화'라는 말에 서구 선진국과 구분해서 아시아 지역의 이주민과 결혼이민자 가정을 가리키는 차별이 담기게 됐다고 느껴지기 때문이다.

따지고 보면 도서관에 꽂힌 수많은 책들이 번역서기 때문에 어느 한 코너에 다문화라는 이름을 다는 것이 옳지도 않다. 그래서 영어, 독어, 일본어 등으로 쓰인 책들과 아시아권의 언어로 된 책들을 모두 한군데 모아서 '외서' 코너를 꾸리고, 알아보기 쉽게 "여러 나라 책"이라고 붙여놓았다.

느티나무도서관에서는 다문화서비스를 해야 할 이유를 더이상 100만에 달하는 이주민 때문이라고 말하지 않는다. 다문화서비스 대상 1호는 아직까지 '이 땅에서 나고 자란' 사람들이다. 이주민들이 모어로 된 자료를 만나고 한글과 한국문화, 한국에서 살아가는 데 필요한 정보를 얻는 것만큼이나 이웃으로 살아갈 사람들이 다문화적 삶의 소양을 기르는 일이 중요하다고 생각하기 때문이다. 이주민들의 자존감을 고려해서만은 아니다. 지구촌시대를 살아가기에 너무 '폐쇄적'인 한국의 문화와 정서가 변화해야 할 필요성 또한 그만큼 절실하다.

문화다양성을 몸으로 배우다

이주민센터에 작은느티나무문고를 설치한 뒤 센터와 도서관이 공동으로 "아시아와 함께해요" 행사를 열어 도서관 곳곳에 각국 문화를 소개하는 판넬과 책, 이주민들이 가져온 전통의상, 기념품 등을 전시하고 나라별로 돌아가며 책을 읽어주는 자리를 마련했다. 그날 함께한 사람들과 월별 당번을 정해 다음 달부터 한 나라씩 돌아가며 책 읽어주는 시간을 진행했다. 그것이 6년째 진행하고 있는 "여러 나라 책 읽기" 프로그램이다.

외국인근로자들과 결혼이주여성들의 사회적 여건이 변화하면서 이주민센터의 사업 대상도 달라져 CLC이주민센터와 함께하던 여러 나라 책 읽기 프로그램은 2013년 말로 중단되었다. 하지만 그동안 도서관을 이용해온 이주민들이 자원활동으로 참여하여 지금도 달마다 도서관에 꽂힌 여러 나라 책을 읽어주고 고향의 문화를 소개하는 자리를 갖는다. 소리도 모양새도 다른 언어를 만나고 옛이야기를 고유 가락에 담은 노래를 배워서 부르기도 한다. 그림책이나 사진을 통해 집 모양이나 나무 생김새가 다른 거리풍경을 만나기도 한다. 해가 거듭되면서 그 시간이 어떤 의미를 갖는지 확인할 수 있었다. 베트남이라고 하면 레귀잉풍 아줌마가 가르쳐준 호치민 노래가 먼저 떠오르고, 네팔은 수레스 아저씨의 모자, 몽골은 졸자르갈 누나의 고향을 떠올리게 한다. 다문화적 삶이란 그렇게 얼굴색이나 말이 달라도 더이상 낯설어하거나 경계하지 않는 데서 시작하는 게 아닐까 생각했다.

　책을 읽어주러 오는 이주민 자원활동가들과 만나면서 생각지 못한 경험을 하게 되었다. 몽골에서 온 아줌마가 아이가 학교 갈 때가 되었는데 책은 안 보고 게임만 한다고 걱정하는 걸 보면서, 고향의 학교 사진을 보여주며 수학선생님을 좋아해서 자기도 수학선생님이 되었다고 자랑하는 베트남 아저씨를 만나면서, 신기하게 생긴 악기를 가져온 스리랑카 청년들이 구석에서 잔뜩 긴장한 채 연습하는 모습을 보면서, 단어만 늘어놓는 우리의 서툰 영어가 유창한 원어민보

다 더 잘 통하는 걸 보면서, 생각보다 서로 다르지 않다는 것을 느끼곤 했다. 다양성을 배우자고 시작한 프로그램은 서로 닮은 점을 발견하는 시간이기도 했다. 어쩌면 차이가 빚어낼 수 있는 문제를 너무 앞서서 두려워하거나 경계한 것인지 모른다. 그 두려움을 벗어나는 비법은 다름을 정면으로 마주하면서 일상적으로 다양성을 체험해가는 것 아닐까.

책 읽어주는 자원활동가로 활약했던 네팔인 수렌드라 씨는 이런 말을 했다. "이주민센터가 있어서 밀렸던 임금도 받고 치과 치료도 받고 한글도 배워서 고마웠는데, 느티나무 오니까 진짜 이곳 동네사람, 이웃이 된 것 같아요." 이듬해 고향으로 돌아간 수렌드라 씨는 네팔에 가면 자기도 도서관운동을 하고 싶다는 말을 남기고 떠났다.

도서관의 다문화서비스가 다름과 차이를 이해하고 존중하며 살아가는 법을 배우는 통로가 되기를 바란다. 그래서 우리가 얼마나 같은지 다른지 맞춰보려 하기보다, 소외계층이라서 돕기보다, 차이와 다양성이 있는 그대로 살아 있을 때 삶이 더 풍성하고 행복해진다는 걸 알게 되면 좋겠다. 얼굴색이나 언어의 차이처럼 눈에 확 드러나는 차이만 이야기하는 것은 아니다. 세대, 직업, 학력…, 우리가 살아가면서 사람과 관계를 맺을 때 따지는 요소들이 얼마나 많은가. 그 숫자만큼 차별과 소외와 억압이 일어날 수 있다.

한식구로 친구로 이웃으로 살아가는 사람들 사이에서도 다양성을 존중하는 힘을 기르는 기회가 필요하다. 이를 위해 도서관의 자료와 공간과 서비스는 더할 나위 없이 맞춤한 조건이 될 수 있다. 그런 가능성을 기대하기 때문에 다문화서비스를 아주 제한된 개념으로 쓰는 걸 보면 안타깝다. 도서관에서 다문화서비스의 의미가 축소되어 이주민을 대상으로 한 외국어자료 서비스나 한국문화 적응을 돕는 프로그램으로만 여기지 않기를 바란다.

넘치는 우정과 배려도 일방적인 돌봄이나 지원이 되면 자유롭고 행복한 관계를 이어가기 힘들다. 생존을 보장하는 사회안전망은 언제나 미룰 수 없는 국가의 중요한 책임이다. 한발 나아가, 있는 그대로 다양성과 차이를 존중하며 어울리는 일은 일상 속에서 함께 삶으로 살아내야 할 '문화'다. 그래서 우리는 꼭 필요한 때가 아니면 '소외'라는 말도 쓰지 않으려 한다. 장애인이든 소년소녀가장이든 이주민이든 지원하거나 보호하고 치료, 교정할 대상이 아니라, 있는 그대로 다양성을 존중하고 서로 배우고 북돋우며 함께 살아가자는 것이다.

다양성을 존중한다는 말에는 '비효율적'이지만 따지고 보면 '이유 있는' 배려를 위해 때로는 고집을 부려서라도 지켜야 할 몫이 담겨 있다. 예를 들면 한 권을 등록하는 데 서너 배쯤 시간이 드는 책들을 기꺼이 사들이는 일, '학생'이라는 호칭 대신 굳이 ○○살쯤 된 청소년이라는 표현을 쓰는 일, 그리 크지 않은 건물이지만 휠체어를 타고도 편하게 이용할 수 있도록 15인승 엘리베이터를 만드는 것과 같은 일들 말이다.

02

누구나 꿈꿀 권리를
누리는 세상

우리는 도서관이 두려움과 불안으로 딱딱해진 사람들의
생각과 감정을 손들어 놓기를 바라며
새로 열리고 비어는 대화와 자유와 토론의 ... 공간,
부정을 알으게 깨고 진 울림을 남기기를 바란다

책으로 자유를 꿈꾸다

읽기는 언제나 정치적인 행위였고 문자가 발명된 이래 권력당국은 그것을 알고 있었
다. … 독서는 현재 상태에 위협을 가하는 불온한 행위이다. 일반대중에게 독서능력
을 부여한다는 것은 읽기에 대한 권력당국의 통제권에 흠집을 내는 것이다. … 요컨
대 독서는 이 세상을 바꾸려는 행위이다.

— 조셉 골드, 《비블리오테라피Read for yourself》, 북키앙, 2003. 10쪽

가슴이 뛴다는 것

도서관을 만든 동기는 결국, 자유에 대한 바람이었다.

쫓기듯 불안한 일상에서 놓여날 수는 없을까? 옴짝달싹 못하게 우리를 얽매고 짓누르는 힘에 대한 두려움을 한 겹씩 거둬낼 수는 없을까? 살아 있다는 걸 선연하게 느끼면서 새록새록 살아갈 이유를 만나고, 더 나은 삶을 꿈꿀 수는 없을까? 간절한 바람의 끝에서 만난 답이 책이었다.

책 읽는 사람을 보면 나는 '자유'라는 낱말이 떠올랐다. 때때로 우리 앞을 가로막는 삶의 빗장을 열어젖히는 느낌! 누구나 책을 통해 드넓게 펼쳐진 세상 앞에 의연하게 서서 자신의 눈으로 세상을 만나면 좋겠다고 생각했다. 출생배경이나 학력, 사회제도나 전통 같은 것이 부여한 부모, 며느리, 학생, 선생, 남자, 여자 같은 '일반명사'로 부여된 이름의 덮개를 걷어내고, 고유한 자기 삶의 정체성을 만나 비로소 가슴이 뛸 수 있지 않을까, 생각했다.

가슴이 뛴다는 건 살아 있다는 증거다. 심장이 뛰는지를 보고 생사를 확인한다. 하지만 심장이 생물학적으로 생명을 유지하기 위해서만 뛰는 것은 아니다. 하나의 생명체로서 목숨을 부지하는 것은 말할 나위 없이 중요하지만, 그것만으로 자신이 '존엄한 생명'을 지닌 존재이고 '사람답게' 살고 있다고 느끼지는 않는다. 심지어 살아남을 수 있을지 두려움에 휩싸이기도 한다.

사랑에 빠질 때, 가슴 뛰게 만드는 일에 혼신의 힘을 다할 때 비로소 심장은 힘차게 풀무질하며 우리의 일상과 영혼에 자유의 기운을 불어넣는다. 누구나 그런 순간을 만나고, 그 힘으로 자신의 삶을 살아갈 수 있기를 바랐다.

도서관, 불태워진 역사

책을 보면 자유라는 낱말이 떠올랐던 이유를, 나는 도서관을 만들고 도서관의 역사를 배우면서 확인하게 되었다. 도서관이 불태워진 역사를 통해서.

도서관은 놀랄 만큼 오랜 역사를 갖고 있다. 인류 역사에 도서관이 처음 등장한 것은 5,000년 전으로 거슬러 올라간다. 인쇄술이나 종이는커녕 파피루스나 양피지 두루마리조차 볼 수 없던 시대에도 도서관 유적이 발견되다니! 종종 영화나 소설에 등장하는 웅장한 도서관의 위엄에 감탄한 적은 있지만, 한장 한장 점토로 빚은 책들이 쌓

여 있는 도서관은 상상하지 못했다. 기록을 남기고 보존하려는 것은 인간의 본성이라는 걸 새삼 실감했다.

그런데 그 긴 도서관의 역사를 한마디로 표현하면 불태워진 역사다. 책의 학살^{libricide}. 모든 전쟁의 기록에서는 불태워진 도서관들의 이름을 만날 수 있었고, 정복자들의 영웅담에 등장하는 도서관들의 장서는 사실상 전리품들이었다. 수많은 지배자와 정복자들이 책과 도서관을 불태워버리면서 다른 한편으로는 새 도서관을 지어 지배 도구로 삼았다. 뤼시앵 폴라스트롱의 《사라진 책의 역사》(동아일보사, 2006)나 레베카 크누스의 《21세기 이데올로기, 책을 학살하다》(알마, 2010)와 같은 책들에 생생하게 기록된, 책과 도서관을 파괴해온 역사는 현재진행형으로 이어지고 있다.

도서관의 오랜 역사보다 더 놀라운 건, 그 긴 세월을 이어온 도서관과 오늘날의 도서관이 전혀 다르다는 사실이었다. 근대 이전의 도서관과 지금의 공공도서관 사이에 존재하는 차이는 마치, 점토로 만든 서판 태블릿^{tablet}과 거기서 이름을 따온 태블릿PC$^{tablet pc}$의 차이보다 더 커보였다. 그 차이를 가르는 두 글자가 바로 '공공^{public}'이다.

도서관 이름 앞에 공공이라는 수식어가 붙여진 것은 '모두를 위한 도서관'이라는 선언이었다. 공공도서관이 등장하기 전까지 책은 선택된 소수를 위한 것이었다. 도서관에 접근할 수 있는 사람은 왕과 귀족, 성직자 등 당대 지배층으로 제한되었다. 도서관은 지식, 사상, 정보를 만인이 공유하도록 제공하는 곳이 아니라, 가두어 지키는 곳이었다. 16~17세기까지만 해도 도서관의 책에는 쇠사슬과 자물쇠가 달려 있었던 기록이 남아 있다. 그렇다면 적어도 법적 실체를 가진 '공공도서관'이 탄생한 19세기 중반 이후에는 어땠을까? 20세기로 접어들고도 한참을 지난 1928년, 뉴욕카네기재단의 〈아프리카 보고서Memorandum : Libraries in the Union of South Africa, Rhodesia and Kenya Colony〉에 이런 글이 실렸다.

"남아프리카 연방인은 현지인이 그의 식사를 만들고, 그의 어린이를 돌보고, 그의 집을 정리하고, 그를 자기 식으로 섬기고, 그가 읽을 도서관의 책을 빌려오고 반납하는 것을 허락하고 있다. 그러나 바로 그 사용인에게 이들 책을 펴서 읽는 것을 허락한다면 이제 그의 통치는 끝난다는 것을 알고 있는 것이다."(S. R. 랑가나탄의 《도서관학 5법칙》[한국도서관협회, 2005]에서 재인용).

카네기재단은 세계적으로 3,000여 개에 달하는 도서관을 기부하여 19세기 말에서 20세기 초 미국과 영국에서 공공도서관이 자리 잡는 데 크게 기여했다. 재단에서 파견한 조사단이 1928년 아프리카

케이프타운에 도착했을 때 그곳에 이미 211개의 도서관이 있었다고 한다. 그러나 정작 인구의 대부분을 차지하는 흑인이나 갈색인은 책을 이용할 수 없었다.

도서관의 역사를 읽을 때면 움베르토 에코의 《장미의 이름》(열린책들, 2006)에서 화염에 휩싸여 무너져 내리던 수도원의 거대한 장서관이 떠올랐다. 몇 사람의 목숨과 바꿔서라도 지키려 했던 한 권의 서책을 결국 불길 속에 완전히 가둬버린 수도사 호르헤의 처음이자 마지막 웃음, 두려움과 혼란에 빠진 필사사들의 울부짖음, 화염의 열기와 매캐한 연기. 마치 그 속에 갇힌 것처럼 멍한 채로 생각했다.

왜, 무엇이, 책과 도서관을 파괴하게 만들고 책을 손에 들고도 펼쳐서 읽지는 못하도록 만들었을까? 그것은 두려움이었을 것이다. 책은 물음표를 떠올리게 만들 것이고, 물음표는 통제할 수 없는 정신적 성장으로 이어지고, 결국 자유를 꿈꾸게 될 것이라는 두려움.

공공도서관이 탄생하기까지 얼마나 많은 사람들이, 책을 가두고 숨기고 없애버리려 했던 지배계층의 두려움과 지난하게 맞서야 했을까. 우리는 그렇게 책과 도서관의 역사를 통해서, 공공도서관의 탄생이 민주주의와 시민사회 형성의 역사와 맥을 함께해왔다는 사실을 알게 되었다. 책과 책 읽는 사람들이 늘 은밀한 공간과 시간으로 숨어들 수밖에 없었던 이유도.

> 사회를 행복하게 하고 극빈의 환경에서 인민을 만족시키기 위해서는 대다수의 인민이 빈민과 마찬가지로 무지할 필요가 있다. … 그러므로 모든 국가나 왕국의 행복과 안녕을 위해서는 빈곤한 노동자들의 지식이 그들의 직업과 관련된 것이어야 하며 직업의 테두리를 넘어 눈으로 보이는 것으로는 절대 확대되지 않도록 할 필요가 있다. 양치기, 농부, 기타 백성들이 세간의 일, 그리고 자신의 노동이나 직업과 관계없는 일을 알면 알수록 힘든 노동과 불리한 노동조건을 즐거움과 만족으로 받아들이기 어렵게 된다. 읽고 쓰고 셈하는 것 … 은 그날 벌어 그날 먹어야 하는 빈민에게는 매우 유해한 것이다.
>
> — Bernard Mandeville, F. B. Kaye ed., with a commentary critical, historical and explanatory, *Fable of the Bees: or Private Vices, Public Benefits*, vol.1, 1924, p.288. S. R. 랑가나탄, 《도서관학 5법칙》, 한국도서관협회, 2005, 88~89쪽에서 재인용.

두려움을 가진 건 정치적인 권력자들만은 아니었을 것이다. 눈앞

의 삶을 가만히 들여다보면, 씨줄과 날줄처럼 얽혀 있는 모든 관계에서 보이지 않게 우리를 얽매는 힘이 감지된다. 지나온 세월의 기억들은 그 보이지 않는 힘에서 자유로워지는 것이 더 어려울 것이라고 경고하는 것 같다. 어쩌면 권력을 가진 이들의 두려움이 빚어낸 억압과 통제가 먹힐 수 있었던 것 또한 우리 자신이 가지고 있는 두려움 때문은 아니었을까.

문학작품 속 인물들이
내게 말을 걸어왔다

삶을 질곡에 빠뜨리는 억압은 오히려 지극히 가까운 관계에서 작동한다. 가족, 친구, 동료, 심지어 쌍둥이들 사이에도 억압이 일어난다. 그 힘의 관계는 내밀하게 일상의 삶과 관계 속에 스며들어 할퀴고 상처내고 때로는 평생 헤어나지 못하는 트라우마에 사로잡히게 만들기도 한다. 게다가 책임과 의무 같은 윤리적 규범이나 운명 같은 말로 포장되기 때문에 벗어나기는 더욱 어렵다. 살아가기 위해서는 순응할 수밖에 없다는 무력감을 불러일으킨다.

순응은 화해가 아니다, 포기일 뿐. 적어도 순응의 명분이 되었던 '상대와의 관계'조차 유지시키지 못한다. 포기하고 좌절하는 순간, 사랑하는 것도 상호관계를 이어가는 것도 불가능해진다. 더이상 억압의 책임도 묻기 어렵다. 자신을 억누르는 억압을 강화시키는 데 스스로도 힘을 보태는 셈이니까.

누군가를 억압하는 사람 역시 자유로워질 권리가 있다고 한다면, 너무 무모한 욕심일까? 하지만 우리는 그런 당찬 바람을 가졌다. 우리를 꼼짝 못하게 만드는 억압이 실상은 사적인 관계에서 개별적으로 작동하기보다는 '의식하기 어려울 만큼' 우리를 길들여놓은 제도, 관습, 문화, 사회적 인식에서 비롯된다고 생각했기 때문이다.

자유로워지기 위해 할 수 있는 일은 먼저 억압에 순응하지 않는 것, 자신이 서 있는 부자유한 현실과 고통을 정면으로 응시하는 데서 시작해야 하지 않을까. 왜곡된 힘의 배경을 제대로 알고 의식하지 못한 채 견뎌온 시간을 돌아보기 위해서는 무엇으로도 방해받지 않는 통찰과 사유의 시간이 필요하다. 도서관의 서가에 책을 채워넣을 때마다 바람을 가져본다. 그 책갈피들 속에서 누군가의 의식과 영혼이 그 자신과 그를 둘러싼 세상을 읽어내는 눈을 뜨기를.

해가 바뀌면 여든이 되는 아버지를 내가 정말 편하게 대하게 된 것
은 그리 오래되지 않았다. 10년 남짓일 것이다. 아버지와 내가 세상
을 보는 눈이 다르다는 걸 깨달은 건 이미 30년 전이다. 가치관이 다
르고 삶에서 중요하게 여기는 것이 다른 데도 착한 딸로 도리를 다하
는 건 불가능한 욕심이었다. 그러면서도 놓여나지 못했다. 그 모순을
설명하기는 어렵다. 경제적인 의존 때문이기도 했을 것이다. 실제로
부녀관계에 변화가 일어난 건 경제적인 헤게모니의 균형이 바뀐 시
기와 얼추 비슷하다. 하지만 그뿐만은 아니었다. 언제부턴가 나의 의
식이 팽팽하게 당겨져 있던 저항과 방어에서 놓여나 있었다. 놓여나
기까지, 문학작품들 속에 기록된 많은 목숨들이 말을 걸어왔다.

몇 권의 소설을 빼고는 사회과학 서적에만 파묻혀 지내다가 새삼,
아니 다른 밀도로 문학의 매력에 빠져들었던 건 서른 즈음이었다. 뱃
속에 아이를 품고 지낸 열 달 동안 나는 동네 책대여점을 산책 삼아
드나들며 박경리 선생의 《토지》와 펄 벅의 《대지》를 한 번에 한 권씩
만 빌려다가 어미 새가 새끼에게 줄 모이를 씹는 것처럼 천천히 읽었
다. 그러느라 계절과 배경무대를 달리하면서 등장인물들을 만나는
꿈을 참 많이도 꿨다.

둘째 아이가 돌을 지난 뒤에는 도서관을 만들기로 마음먹었기에

그해 가을부터 겨울까지 젖도 떼지 않은 아이를 업고 날마다 서점에 서서 많은 책을 새로 읽고 다시 읽었다. 한국 근현대사를 다룬 책들을 고르다가, 스물 몇 살 어느 봄 꼭 중국에 가보고 싶게 만들었던 김산과 님 웨일즈의 《아리랑》을 다시 읽었고, 경제학 책들을 고르던 때는 대학시절 강의교재라서 읽기 시작했다가 며칠 밤을 새우게 만들고 참 많이 울게도 했던 K. 마르크스의 《자본론》과 (이상하게 나에겐 《자본론》과 늘 함께 떠오르는) 찰스 디킨스의 《올리버 트위스트》를 다시 읽었다. 종이에 잉크로 박혀 있던 역사가 작품 속 인물들의 삶을 통해 숨결을 지니고 말을 걸어왔다. 뿌연 스틸사진에 담긴 다큐멘터리가 아니라, 냄새도 소리도 살아 있는 현실의 삶으로 다가왔다. 책의 텍스트와 현실의 시공간 사이에서 끊임없이 모드가 전환되는 아주 특별한 경험을 한 시간이었다.

책 속의 삶이 나의 심장과 뇌에 변화를 일으켰다

문학의 매력에 사로잡히면서 읽는 책의 주제별 비율만 달라진 건 아니었다. 역사책이야 뭐 말

할 나위도 없었지만 사회과학서, 과학책, 지도책도 소설처럼 때로는
시처럼 읽혔다. 그러면서 일제강점기와 해방 후 혼란기를 거쳐 한국
전쟁으로 이어진, '무엇으로도 설명이 안 되는' 역사 속에서 보냈을
부모세대의 성장기에 대해 조금씩 짐작하게 되었다. 맨손으로 가계
를 일궈 가족을 부양하고 살아남아야 한다는 엄중한 과업을 짊어지
고 보냈을 세월에 대해, 초고속 영상으로 담아도 몇 십만 장의 프레
임이 필요할지 상상하기조차 힘든 격변의 세월을 지내온 그들의 삶
을 이해하고 공감하게 되었다. 이성적인 이해라기보다는 이성적으
로 설명이 안 되는 세월이 있었다는 사실에 대한 이해라고 하는 게
옳을 것 같다.

몇 번인가 책의 마지막 장을 덮으며, 이건 너무 우리 이야기라고,
아직 우리 옆에 그대로 살아 있는 시간들이라고 혼잣말을 했던 걸 기
억한다. 나와 비슷한 또래, 지금 40, 50대를 보내고 있는 이들의 부모
세대는 그렇게 역사책에서 각각 다른 장章으로 다뤄야 할 만한 시대
를 서너 개쯤 잇따라 겪으며 살아왔다. 멈춰서 갈무리하고 스스로 이
해할 여유도 갖지 못했다. 두 세대 사이의 간극은 어디서나 늘 있어
온 세대격차와 비교할 수 없을 만큼 깊다.

20대 청년이었을 때도 틀림없이, 책의 권수로 보면 더 많은 역사

를 읽었던 것 같은데 왜 이렇게 느끼지 않았을까. 역사는 날카롭게
벼린 이성으로 읽으면서, 그 역사 속에서 살아남은 존재들에게까지
켜켜이 쌓인 세월로 이어지진 않았던 것일 게다. 책 속의 삶이 그렇
게 의식을 흔들기까지 나의 심장과 뇌에서도 변화가 일어났다.

　스물이 되던 해, 6년을 앓던 엄마가 세상을 떠나면서 그 빈자리를
채워야 (한다고 생각)했던 나는 팔다리와 심장의 근육이 모두 팽팽한
긴장상태에 놓여버렸다. 80년대 후반의 치열했던 대학생활과 집안
살림을 병행하는 일은 고단했고, 당장이라도 파삭, 하고 깨져버릴 것
처럼 실금투성이가 된 가족들과 겪는 감정노동은 내 20대의 절반에
그늘을 드리웠다.

　돌보는 이만 힘든 게 아닐 수 있다는 데 생각이 미친 건 결혼으로
집을 떠난 뒤, 아픈 이를 돌보기만 하던 내가 아파서 꼬박 한 해를 앓
는 처지가 되면서부터였다. 어렵사리 출산을 거치면서 생명에 대한
'경외'라는 말의 천근 같은 무게를 온몸으로 깨달았고, 돌봄에도 존
중과 상호작용이 담겨야 하는 이유를 비로소 배우기 시작했다. 벗이
자 동지이자 연인인 이와 가족을 이루면서 의식과 현실의 괴리에서
배어나오던 아픔도 옅어졌다. 내게 가장 중요한 일들, 나를 울게 하
고 가슴 뛰게 만드는 일들을 가장 가까운 가족과 나누지 못한다는 쓸

쓸함에서 비켜난 것이다. 졸업 후 진로를 놓고 '그놈의 집안사정'으
로 번번이 계획과 기회를 포기해야 했던 상처와 원망에서도 천천히
놓여났다. 아이를 낳고 IMF 한파를 겪으면서도 틈틈이 아르바이트
를 하고 자원활동을 하면서, 친친 동여맨 것 같던 심장의 근육이 다
시 뛰기 시작했다. 몇 줄기 삶의 맥락을 내 몸으로 읽으면서, 선택할
수도 없고 절망할 일도 아니며 그저, 살아갈 시간이 있다는 걸 이해
하게 된 것이다. 마침내 서른 중반, 나는 도서관을 만들기 시작했다.
하고 싶던 일을 오롯이 나의 의지로 할 수 있게 되었다는 사실은 나
를 열 배쯤 너그럽고 용감하게 만들었다. 많은 것이 괜찮았고 많은
것이 제 빛을 찾는 것 같았다.

　결과만 놓고 보면 순응하는 것과 다르지 않게 보일 수도 있다. 하
지만 달랐다. 내가 어느 시점엔가 판단중지를 선택하고, 새로운 관계
와 상호작용을 모색하게 되었기 때문이다. 무엇보다 딸의 도리라고
여겼던 일들에 대한 평가에 매달려 전전긍긍하는 대신, 문득 아버지
를 떠올리고 걱정하고 보고 싶어하게 되었다. 서운하거나 노여워하
실 게 틀림없는 일이 생겨도 핀잔이나 꾸지람을 걱정해 변명하는 대
신, 아버지가 좀 봐주시라고 덤덤하게 말할 수 있게 되었다. 바쁜 일
상에 쫓기면서도 따끈한 밥을 지어 '대접'해야 한다는 부담에 동동

거리지도 않았다. 햇반을 전자레인지에 데워 내놓거나 간단히 한 끼 때우자며 해장국집으로 모시고 갔다. 바쁜 일만 마치면 맛있는 거 해 드린다고 번번이 부도수표가 되고 마는 헛말을 해대면서도 달게 먹을 수 있게 된 나는, 놓여난 게 틀림없었다.

서른이 넘도록 손 한 번 잡아본 적 없이 무섭기만 하던 아버지를, 이제 만나기만 하면 깊이 안아드린다. 길을 걸을 때면 늘 팔짱을 끼고 있는 나를 마주할 때마다 어쩌면 나를 얽매는 굴레의 한쪽 끝은 나 자신의 손에 닿아 있었는지도 모르겠다는 생각이 들곤 한다. 그건 적어도 절반은 사실일 것이다. 청년 시절, 돌봄이 나의 몫이라는 무언의 압력(?)이 있었던 건 사실이지만, 버거워하면서도 놓여나지 못한 건 틀림없이 나 자신이었기 때문이다.

스스로가 건강하고 안정되고 편안한 상태를 유지할 수 없을 만큼 고단한 돌봄은 서로에게 독이 될 수 있다는 걸 가슴으로 깨닫고 손발로 받아들이게 되기까지 많은 소설 속 인물들이 나에게 용기를 주고 응원을 해주었다. 그사이에도 끊임없이 '제 발 저리는' 식으로 상처를 입고 고꾸라졌지만, 그런 시행착오가 점점 줄어든 걸 보면 이제, 성공한 것 같다.

이럴 수 있구나. 일방적으로 억압하는 존재가 있어서, 그가 사라지

거나 혹은 그와 단절해야만 끝이 나는 것이 아니었다. 내가 달라지면 함께 놓여날 수 있는 것이었다. 아버지도 달라진 딸에게 놀라고 당황하고, 때로는 분을 삭이거나 때로는 쓸쓸한 한숨을 삼켜야 했을 것이다. 하지만 예전 같으면 감히 아버지에게 엄두도 내지 못했을 '다분히 과격한' 이야기들이 오히려 아버지 마음에 진심으로 가닿는다는 걸 확인할 수 있었다. 나는 그렇게 '핏줄이란 인생의 질곡'이라고 단단히 믿었던 시간과 화해하고, 아버지와 화해했다. 평가하고 선택할 대상이 아니라 사랑할 대상이 있다는 걸 온전하게 받아들이게 된 것도 그 무렵이다.

지독하리만큼 격변에 격변을 거듭한 세월을, 종이에 기록으로 담긴 역사가 아니라 내 앞에 살아 있는 이들이 지내온 삶으로 보기 시작하면서부터였다. 왜 하필, 이라는 원망 섞인 질문을 쏟아내며 숨이 멎을 것처럼 힘들어하던 일들에 대해, 어쩌면 나라도 그랬을지 모른다고, 단지 누군가의 잘못 때문만이 아닐 수 있다고 생각하게 되면서 숨을 고르고 조금 긴 호흡으로 상황과 관계의 맥락을 이해하게 되었다. 한 걸음 뒤로 물러나면서, 보이지 않던 것들이 비로소 눈에 들어올 만큼 시야를 확보하게 된 것이다. 여전히 논리적으로 설명하긴 힘든, 아니 누구도 설명할 수 없는 시대를 살아온 사람들에게 생긴 절망과 자기방어의

기제, 스스로의 삶을 설명하기 위해 부여잡고 있어야 하는 자기 존재의
이유를, 어렴풋이 헤아리며 인정하게 된 덕이었다.

　너그러움이란 어쩌면, 참을 수 없는 걸 꾹꾹 눌러 참는 삼강오륜
시대 성인군자의 덕목이 아니라, 내가 본 세상 밖의 다른 세상에 대
해서도 퍼즐을 맞춰가듯 열심히 상상하고 재현해볼 때 가능한 일 아
닐까.

은밀함, 자유의 필요조건

　　　　　　　　　　　　슈테판 볼만의《책 읽는 여
자는 위험하다》(웅진지식하우스, 2006)라는, 무척 도발적인 제목의 책에
는 제목만큼이나 눈길을 끄는 그림들이 가득하다. 하나같이 '은밀한
공간'에서 책에 빠져든 여인들의 모습을 그린 화가들의 작품이다. 그
녀들의 숨소리, 사르륵 옷자락 스치는 소리까지 들릴 만큼, 오롯이
책과 그녀들만 존재하는 것 같은 장면들은 지극히 사적이고 고요해
서, 책장을 넘길 때마다 숨을 죽이게 만든다. 그래서 제목이 썩 잘 어
울린다고 생각했다. 바로 그 순간들로부터 그녀들에게는 누구도 침
범할 수 없는 자유의 공간이 생겼을 것이고, 그것이야말로 그녀들이

책을 펼치기를 바라지 않았을 (대부분 남자였을) 사람들에게 몹시 위험한 징후였을 테니까.

저자 슈테판 볼만은 은밀함에 내재된 의미를 이렇게 말한다.

> 은밀하다는 표현은 '사적이고' 따라서 '비공개적'이라는 뜻만은 아니다. 그것은 사회를 통한 통제, 그리고 가장 가까운 공동체, 이를테면 가족이나 가정공동체, 종교공동체의 통제에서 '벗어난다는 것'을 의미하기도 한다.

그렇다면 은밀함이란 자유의 부분집합 혹은 필요조건이라고 할 수 있지 않을까. 당연한 결과라고 할 수 있지만, 오랜 옛날부터 책 읽는 사람들이 은밀한 공간으로 숨어들어야 했던 이유도 짐작이 간다. 책을 읽는 사람은 위험한 존재 혹은 위험해질 가능성이 있는 요주의 인물로 분류되었을 것이다. 때로는 제거해야 할 대상이 되기도 했을 것이다. 존 테일러 개토가 《교실의 고백》(민들레, 2006)에서 말한 것처럼 책은 '통제할 수 없는 정신적 성장'을 일으킬 것이고 통치자들은 그 사실을 알고 있었기 때문이다.

이제 더이상 책을 읽기 위해 비밀스러운 공간을 만들거나 이불 속으로 숨어들 필요는 없는 것 아닐까? 오히려 책을 읽는 것은 드러내고 자랑할 만한 권장사항이 되었으니 말이다. 하지만 좀더 가까이 들여다보면 책의 영향력에서 사람들을 떼어놓으려는 시도가 책 읽기를 권하는 방식으로 나타나기도 한다는 걸 발견할 수 있다. 국민들의 독서지수를 높이는 것을 국가의 사명으로 내걸고 당근이든 채찍이든 모두 동원해서 책을 읽게 만들려고 한다. 책을 많이 읽었다는 이유만으로 상을 주기도 한다. 그런데도 이른바 독서율은 높아지지 않고 갈수록 하향곡선을 그리고 있다. 또 한 가지 아이러니한 일은 그렇게 책을 권하는 사회가 되었지만 은밀한 공간과 시간을 갖기란 지금도 여전히 어려워 보인다는 사실이다. 은밀하다는 말을 쓰려면 종종 일탈도 허용될 만큼 충분히 사적인 내면의 움직임이 보장되어야 한다. 도서관 책상에 칸막이를 달고 구석구석 '정숙'이라는 경고성 문구를 써 붙여서 저절로 숨을 죽이게 될 만큼 조용하게 만든다고 사적인 독서의 공간이 확보되는 건 아니다. 은밀하다는 말에는 책과 사람이 만나면서 이루어지는 화학작용이 무엇으로도 방해받지 않는 상태를 가리키는 의미가 담겨 있기 때문이다.

　사적인 책 읽기라고 하면 '함께 읽기'와 부딪히는 개념으로 보일 수 있다. 소통과 토론이 점점 중요한 가치로 강조되는 시대의 요구를 거스르는 것이라고 여겨질지도 모른다. 하지만 그동안 도서관에서 수많은 독자들을 만나온 경험으로 보면, 사적인 독서가 전제되지 않을 때 토론과 소통이 제대로 이루어지긴 어려웠다. 여러 독서모임을 지켜보면서 흥미로운 현상을 발견했다. 분명하게 자기 생각을 가진 사람이 오히려 너그럽게 혹은 넉넉하게 다른 사람 이야기에 귀를 기울이고 다른 의견에도 열린 태도를 보이더라는 것이다. 책으로 무장을 하는 것이 아니라 말 그대로 책을 읽는 사람의 힘. 이것 역시 은밀한 시간이 필요한 이유다.

물론 책을 읽지 않고도 독서모임에 참여할 수 있고, 그것만으로도 생각의 폭과 깊이를 더하고 상상력을 발동시키는 기회가 될 수 있다. 하지만 스스로 읽고 사유하는 시간 없이 자신의 생각을 발전시키는 데는 분명 한계가 있었다. 게다가 나이, 학력, 양육이나 교육의 책임처럼 강력한 영향력을 가질 수 있는 관계가 더해지면 말할 나위가 없다(아이들 독서모임에서 멘토 역할을 맡은 사람들이 늘 고민하는 문제였다). 책을 한 권이라도 더 읽고 가능한 한 많은 것을 배우기를 바라는 기대가 자꾸 서두르게 만든다. 심지어 책 읽기를 좋아하게 되길 바라는 욕심에다가 그렇게 되도록 도와줘야 한다는 사명감까지 얹히면 도무지 책에 빠져들도록 기다려주기 어렵다. 스스로 사명감으로 무장된 사실을 감지하고 절제하는 것은 쉽지 않았다.

　　도서관은 백 가지도 넘는 다양한 요구를 갖고 온 사람들이 책을 고르고 읽고 읽어주는 곳일 뿐 아니라 사람을 만나고 어울리기도 하는 공간이니 소리를 완전히 제거하기 어렵다. 그런데 어쩌면 진짜 소음 noise은 따로 있을지 모른다. 예를 들면 '필독서'라는 이름을 달고 '이 책을 읽지 않으면…'으로 시작하는 무언의 협박(?)이나 그 책을 읽어야 할 이유, 읽고 습득해야 하는 내용 따위를 강요하는 지침 같은 것 말이다. 그렇다면 도서관 열람실 벽에는 '정숙'이라는 경고문 대신에 '선입견이나 주장 주입 금지'라고 써 붙여야 하는 것 아닐까.

세상을 바꾸는 힘, 물음표 '?'

　　　　　　　　　　세상을 바꿔온 힘을 한 글자로 담을 수 있는 세계 공용어는 '물음표—?'가 아닐까. 물음표는 통념이나 상식이라는 이름으로 단단히 채워져 있던 빗장을 여는 열쇠다. 이유와 배경을 알려고 할 때 비로소 맥락을 볼 수 있는 눈이 뜨이고, 맥락을 알게 되면 '그러지 않을 수도' 있다는 가능성을 생각할 수 있게 된다. 비로소 대안의 상상력에 불이 켜지는 것이다.

　　물음표는 설렘의 출발신호다. 물음표가 달린 문장을 소리 내어 말

할 때 말꼬리를 올리는 것도 아마 그 때문일 것이다. 그 순간 심박동
도 한 음정 올라가고 한 박자 빨라질 게 틀림없다. 호기심이 생긴다
는 건 관심과 애정을 갖게 되었다는 증거다. 그래서 물음표에는 에너
지가 담긴다. 첫사랑의 기억을 떠올려보면 알 수 있다. 누군가가 마
음에 들어오면 아주 사소한 것까지 궁금해져서 온통 머릿속에서 그
에 대한 생각이 떠나지 않는다. 무엇을 봐도 어떤 이야기를 들어도
나의 모든 것이 그와 연관되어 의미를 갖기 시작한다. 비록 짝사랑이
라고 해도 나와 그 대상 사이에 관계가 시작되는 것이다. 대상을 좀
더 잘 알고 싶어지고 나와 그 대상이 상호작용을 하길 기대하게 된
다. 물음표가 고리 모양으로 생긴 것은 아마 사슬처럼 고리에 고리를
끼우고 또 끼워서 이어가게 되기 때문이 아닐까.

　우리가 세상을 배우는 힘도 호기심에서 비롯된다. 어린아이가 있
는 집에서 하루 종일 가장 많이 듣게 되는 말은 "이게 뭐야?" "왜?"
"내가, 내가!" 세 마디다. 눈에 들어오는 것마다 궁금하고 건드려보
고 싶어한다. 그 반짝이는 눈빛이란! 물음표를 허용한다는 건 종종
인내심을 요구할지라도 조금만 시간이 지나면 두고두고 많은 선물
을 얻게 되는 기회다. 그런데 너무 바쁜 우리는 미처 그 거부하기 힘
든 눈빛을 마주할 새도 없이 "몰라도 돼"라거나 "왜 그런 게 궁금한

데?" "애들은 하는 거 아냐"라는 답으로 그 소중한 순간을 놓쳐버린다. '쓸데없는 일'이라는, 근거도 없고 무모하기 짝이 없는 꼬리표까지 달아서. 그걸로 끝나면 그나마 다행이다. 이미 다른 데 마음을 빼앗긴 아이에게 전혀 궁금하지도 않은 걸 들이밀고 알기를 강요하기까지 한다. 학습의 실패는 그렇게 아주 이른 시기부터 두고두고 일상 속에 비집고 들어온다.

아쉽게도 우리는 물음표에 익숙하지 않다. 배우기 위해 오랜 시간 학교에 다니지만 질문을 떠올리는 것이 미덕으로 보이지 않는다. 무엇을 배울지 과목을 선택하는 것부터 스스로의 호기심에서 출발하지 않는다. 질문은 '먼저 제대로 이해하고 외운 뒤'로 미루도록 요구된다. 미처 호기심도 생기지 않은 것을 제대로 알고 외우기는 얼마나 어려운가. 순서가 뒤바뀐 것이다. 학습능력을 높이려고 안간힘을 쓰면서 정작 첫 단추가 어디에 끼워져 있는지는 보지 않고 엉뚱한 곳에서 다른 단추들만 풀었다 끼웠다 반복하는 꼴이다.

토론문화가 아쉬운 것도 토론의 기법이나 원칙을 배우지 못해서가 아니라 물음표를 달거나 거꾸로 물음표를 받는 데 서툴기 때문이다. "왜?"라고 물으면 따지고 드는 것으로 여겨지거나 아예 "No!"라고 말한 것처럼 받아들여질 때도 있다. "어떻게?"라고 묻는 질문은 그런 건 불가능한 일이라고 못 박는 것으로 받아들여지기도 한다. 거듭 확인하고 싶을 만큼 반갑거나 어떤 결과가 이어질지 궁금하고 자신도 참여하고 싶어져서 "정말?" 혹은 "그래서?"라고 물으면, 한번 겨뤄보자는 도전처럼 들리는지 당장 방어벽이 세워지기조차 한다. "당신 우리 편이 아니었던 거야?" 하고. 물음표를 던졌다가 화살처럼 날아와 꽂히는 눈총을 받는 경험을 하고 나면 물음표를 던지는 일은 차츰 피하게 된다. 설상가상으로 질문 하나를 가지고 '편'을 가르는 분위기까지 보태진다면 구석으로 숨어들 수밖에 없다. 바라던 바는 아닐 테지만 무관심 혹은 침묵의 긍정에 합류하고 만다. 가장 큰 낭패는 정답으로 인정받을 만한 것을 말하도록 자신을 적응시키는 것이다.

　진정으로 동의하기 위해서는 제대로 알고 이해하고 스스로 생각해보는 과정이 필요하지만, 많은 토론회가 '제3의 안'을 발견할 가능성을 기대하기보다는 이편이냐 저편이냐를 가르고 확인하는 심사대 구실을 하는 것처럼 보인다. 학창시절 내내 다섯 개의 주어진 답 외에 다른 답을 적어넣을 칸이 없는 단답형 시험에 길들여졌기 때문일까? 서둘러 답을 확인하고 도장을 찍으려는 조급함과, 다른 생각은 우리가 하려는 일을 그르칠 수 있다는 두려움은 물음표 자체를 금기시하게 만든다. 최선은 없더라도 차선이 있을 수 있고, 조금 더 가보면 생각지 못했던 더 좋은 안을 만날 수도 있는데, 마침표를 찍고 돌아서버린다. 물음표를 떠올리는 데는 정답이 아닐 수 있다는 겸손함으로 판단중지를 할 수 있는 내공이 필요하다. 우리 삶과 세상은 그렇게 단순하지 않기 때문이다. 때로는 모호함이 그대로 진실이다.

내가 누군가에게 물음표를 받았을 때 불편하다면 그 대상에 진짜 관심을 가질 동기가 없거나 자신감이 없는 상태일 가능성이 크다. 다른 사람이 건네는 물음표를 끼울 고리가 내게 없는 것이다. 교사나 부모가 아이에게 쓸데없는 걸 알려든다고 나무라는 말은, 잘 들여다보면 대개 '나는 관심이 없다'는 말로 바로잡아야 할 표현이다. 내가 중요하게 여기는 것에 다른 사람 또한 관심을 표한다면 마땅히 반가워할 일이다. 함께 머리를 맞대고 경험을 나누며 더 생각하고 이리저리 살펴보고 다양한 변주를 시도해볼 수 있는 파트너를 만난 셈이니까.

물음표가 더 나은 대안을 찾아가는 토론으로 발전하려면 한 가지 조건이 있다. 질문의 대상에 대해 제대로 알고 생각해볼 필요가 그것이다. 스스로 맥락을 이해하고 다른 가능성을 떠올려보는 과정 없이 이것저것 툭툭 질문을 던져댄다면 그야말로 딴죽 걸기가 되기 십상이다. 물음표가 안으로 둥글게 굽은 이유는 다른 이에게 묻는 동시에 자기 자신에게도 그 질문을 함께 던져서 다시 생각해볼 일이라는 걸 나타내기 위해서인지도 모른다(실제 물음표의 유래는 라틴어 quaestio에서 나왔다. 위키피디아에 따르면 물어보는 글의 끝에는 물음을 뜻하는 라틴어 quaestio를 문장부호처럼 붙였는데 매번 quaestio를 쓰는 게 번거로워서 qo라고 줄여 쓰다가 qo와 다른 말이 혼동을 일으키는 바람에 q는 위에 o는 아래에 세로로 이어 쓰기 시작한 것이 지금의 ?가 됐다고 한다).

관심과 애정은 우리를 가만히 있게 놔두지 않는다. 마음 쓰이는 대상이 아무렇게나 다루어지지 않길 바라고 좀더 나아지기를 바라며 스스로 그 변화에 기여하고 싶어진다. 비록 물음표를 떠올리는 순간부터 혼란스럽고 복잡하고 영영 답을 찾지 못할 것 같아 불안해지더라도, 그 고리를 놓기 어렵다. 마치 사랑의 감정이 심장의 온도를 높여 열병을 앓으면서도 스스로 헤어나기를 거부하는 것처럼 말이다. 그렇다면 우리가 가장 진지하고도 끊임없이 물음표를 던져야 할 것은 우리의 삶이 아닐까.

도서관은 온통 물음표로 가득하다. 빼곡하게 꽂혀 있는 책 가운데 한 권을 고르게 되는 것도 책의 제목이나 표지를 보고 무슨 이야기일까 궁금해졌기 때문이다. 어떤 책이 눈에 들어오는 것 또한 과제로 주어진 것이라서가 아니라 내 삶의 어딘가에 관계가 있어서, 혹은 연결고리가 생길 가능성이 있어서이기 때문이다. 마지막 장을 덮는

순간 물음표가 떠오르지 않은 책을 나는 지금껏 본 적이 없다. 그래서 그다음에는 어떻게 되었을까, 왜 그랬던 걸까, 다른 선택을 했다면 어떻게 달라졌을까…. 그렇다면 도서관은 '필'이 꽂혀서 결국 뭔가를 하게 만드는 기회들로 가득하다고 바꿔 말할 수 있다. 온통 가슴을 채우고 취하고 미쳐서 도무지 가만히 있지 못하게 만드는 일들. 그것을 발견하고 이어서 물음표를 엮어가는 것은 오롯이 읽는 사람의 몫이다.

물음표에 대한 불안을 거둬내길 바란다. 혼란스럽고 흔들리는 데 주저함이 없어지기를 바란다. 그래서 나 자신에게 물음표를 선물할 책이 어딘가에 꽂혀 있을 도서관 서가 주위를 마냥 거닐어보는 데 아낌없이 시간을 할애하기를 바란다.

삶의 길목마다
멈춤의 여백을 열어주는 책

살아가면서 우리는 참 많은 일을 당연한 것 혹은 어쩔 수 없는 것으로 여긴다. 누가 윽박지르거나 주입한 것도 아닌데 마치 '태초부터' 그랬던 것처럼, 정말 그런

지 묻고 확인해볼 생각조차 하지 않는 일들. 예컨대 성실, 인내, 평등 같은 덕목이나 첨단, 성장, 경쟁력 같은 척도에도 얼마나 무조건적으로 절대가치를 부여하는가. 그러면서 또 얼마나 쉽게 자책과 절망과 불안에 자신을 내던지는가.

적어도 제도적으로는 신분제가 사라졌으니 더이상 누구도 쇠사슬에 묶이거나 족쇄가 채워지진 않는다. 그런데도 순간순간 온몸이 꽁꽁 묶인 것처럼 옴짝달싹하지 못하는 자신을 만난다. 누가 채찍을 들고 쫓아오는 것도 아닌데 쫓기듯 살아간다. 당장 오늘 마무리해야 할 일만이 아니라, 10여 년 뒤에나 대학에 진학할 아이의 입시 대비 조기교육 프로그램 세팅부터, 혹시라도 닥칠지 모를 질병과 실직을 염두에 둔 대비책까지, 머릿속을 가득 채우고 손발을 가만두지 못하게 만드는 과업들이 일상을 점령하고 있다.

끝 모를 경쟁으로 치닫는 교육현실에 답답해하면서도, 남들 다 그러니 어쩔 수 없다며 아이들을 입시경쟁의 대열로 밀어 넣는다. 적자생존의 이치와 개인의 노력에 책임을 전가하면서 불균형, 차별, 소외를 '어쩔 수 없는' 현실로 받아들이고 그 대열에 속하지 않으려고 무장을 한다. 먹고 살기 위해 꿈을 접는다.

내가 어디 있는지, 어디로 가고 있는지, 길을 잃은 건 아닌지, 목적지가 원래 있기나 했던 건지, 떠올릴 틈도 없다. 브레이크가 고장 난 자전거처럼 내달린다. 간간이 위험한 경고등을 만나기도 하고, 경고등이 없어도 예사롭지 않은 속력을 스스로 감지하는 순간, 뭔가 잘못되어가고 있다는 걸 느낀다. 그러면서도 멈추지 못한다. '원래 그런 것' '다들 그렇게 사는데' '어쩔 수 없다'는 핑계들에 다시 핸들을 맡겨버린다. 어쩌면 '원래는 그렇지 않았을'지도 모르고, 남과 달라도 괜찮을 수도 있고, '어쩔 수 있는' 방법이 있을지도 모르는데 말이다.

망설이거나 머뭇거리는 시간을 잃어버릴 때 얼마나 맹목적이 될 수 있는지, 거리를 두고 바라보는 시간이 필요하다. 그런 시간을 가질 때 비로소, 돌아보고 둘러보지 않을 때 얼마나 많은 사람과 세상에 상처를 줄 수 있는지 깨닫게 되고, 쓸데없다고 여기던 것을 일상에서 몰아내버릴 때 '쓸 데 있다'고 철석같이 믿었던 것까지 순식간에 신기루처럼 사라져버릴 수 있다는 것도 알게 될 것이다. 멈춰 서야 나를 싣고 달려가던 시간의 흐름에서 내려설 수 있다. 그러지 않으면 누구도 정말 자유로워질 수 있는 거리를 허락받기 어려울 것이다. 나를 얽어매는, 내가 끌려가고 있는 힘의 실체를 정면으로 직시하는 것은 힘겹지만 벗어나기 위해서는 거쳐야 하는 통과의례다.

책은 삶의 길목마다 멈춤의 여백을 열어주는 열쇠다. 숨 가쁘게 쫓기던 일상에 성찰과 사유의 시간을 연다. 담금질 하듯 자신을 돌아보고 둘레를 둘러보게 한다. 그럴 때야 당연하게 여겼던, 혹은 어쩔 수 없다고 여겼던 모든 것이 다시 보일 수 있다. 정말 어쩔 수 없는 것일까? 더 나은 길은 없을까? 어쩌면 이 길에서 확 벗어나면 또다른 세상이 보이지 않을까?

그렇다면 도서관은 끝없이 오르고 올라야 하는 삶의 계단을 다시 오를 수 있도록 숨을 고르는 계단참 같은 곳이 아닐까.

멈춰 섰던 시간이 남기는 여운에는 묵직한 진동이 있다. 고요한 성찰과 사유의 끝에서 세상과 대화하는 자신을 만난다. 참 신기하게도, 다른 세상을 만나고 다른 사람을 존중하게 될 때 자기 자신도 있는 그대로 받아들이고 존중하는 힘이 생긴다. 책으로 세상을 읽고 다양한 삶을 만나면서 내 삶에 대해서도 괜찮다고, 괜찮을 거라고, 이해하고 신뢰하게 되기 때문일 것이다. 그렇다면, 그렇게 자신을 긍정하는 시간이 쌓이면서 오롯이 '나'로 살아갈 힘을 갖게 되지 않겠는가.

꿈의 크기를 누가 정할 수 있을까

이 세상 어디선가 여전히 '굶어서 죽는' 아이가 있는 한 우리 모두 사람답게 산다고 말하긴 어렵겠지. 마찬가지로, 누구나 꿈꿀 권리를 보장받을 수 있어야 비로소 우리 모두 사람답게 산다고 말할 수 있지 않을까.

— 2012년 8월 11일, 현대 도시의 삶에 대한 문제의식을 안고 '건강한 온도를 느끼며 살 방법'을 찾아보겠다며, 멀리 광주에서 느티나무도서관을 찾아와 꼬박 하루를 지내고 간 세 명의 여고생과 나눈 인터뷰에서

절망을 배운다는 것은

책이 있는 공간을 도서관으로 만들게 된 건 통합에 대한 바람 때문이었다. 나이나 학력으로 가르지 않고 장애나 계층도 상관없이 서로에게 배우고 함께 어울릴 수 있게 되기를 바랐다. 나에게 '통합'이라는 화두는 대학시절 도시빈민운동으로 공부방 활동을 했던 80년대 중반부터 사립문고로 느티나무라는 공간을 만든 1999년까지, 풀리지 않은 숙제로 남아 있었다. 지독하리만큼 통합이라는 원칙에 매달렸던 배경을 설명하려면 개인적인 경험을 조금 이야기해야 할 것 같다.

86아시안게임과 88올림픽을 앞둔 시절, '거리마다 푸른 꿈이 넘쳐흐르는 아름다운' 서울을 만들기 위한 대대적인 재개발사업이 시행됐다. 소위 도시미화에 걸림돌이었던 사당동, 상계동 등지에서 끊임없이 철거바람이 불어닥쳤다. 내가 맨 처음 공부방 활동을 했던 곳은 그보다 한 해 앞서 서울역 앞 양동의 철거지역에서 옮겨온 시각장애인들이 모여 사는 곳이었다. 하루 1,000원 내지 2,000원의 일세로 살던 집과 일터를 잃게 되면서 시작된 긴 싸움은 이주를 한 뒤에도 끝나지 않았다. 78세대 모두 시각장애인 가족이라서 시의 지원이 이루어지긴 했지만, 결국 수용시설로 지정돼버리면서 자립을 위한 이주권과 생활보장대책을 둘러싼 싸움이 지루하게 이어졌다. 저마다 막막한 살 길을 궁리하느라, 주민들 사이에도 불신과 갈등으로 혼란이 더해갔다.

수용시설이라고는 해도 생활비는 월 1만 원 남짓의 보조금뿐이라 실제 생계유지수단은 '구걸'이었다. 누가 원칙으로 정한 것은 아니었지만 그곳에서 구걸은 금지낱말이었다. 그저 '일을 나간다'고 말했다. 어른들만 일을 나가는 건 아니었다. 전철에서 하모니카를 불거나 역 앞 광장에서 노래를 부르는 앞 못 보는 부모의 길잡이로 아이들도 일을 나갔다. 아이가 어릴수록 벌이에 보탬이 되는데 아이들이 금세 자라버린다면서 자꾸 아이를 낳았다. 미처 동생을 보지 못한 아이는 열 살이 넘어서까지 일을 나가기도 했다. 같은 학교에 다니는 친구나 선생님이라도 만날까봐 잔뜩 찡그리고 웅크리면서 마지못해 따라나서는 것도 그나마 열한 살쯤이면 끝이다. 아이의 투정과 반항 때문이 아니라 아이 몸이 너무 커져 동정심을 불러일으킬 길잡이로서의 유효기간이 만료돼버리는 것이다.

격돌을 일으키는 건 어린이날이나 크리스마스 같은 '대목'. 어른들은 아이들을 더 재촉해댔고 아이들은 일 나가기를 죽기보다 싫어했다. 이런 날은 적어도 5만 원은 벌 수 있을 테니까 맛있는 거 사준다는 말도 소용없었다. 그때 알았다. 아이들이 절망을 배우는 건 전쟁만큼 끔찍한 일이라는 걸.

　부모들이 우리와 말을 섞기까지는 꽤 시간이 걸렸다. 시각장애인이 되면서 품게 된 피해의식, 경계, 두려움이 얼마나 깊은지 처음엔 헤아리지 못했다. 대부분 후천적인 시각장애였다. 사고로 다치거나 화상을 입거나 병을 앓으면서 제대로 치료하지 못해 시력을 잃은 사람들에게 인생은 책으로 쓰면 족히 열 권은 될 터였다. 부모 잘 만나 대학도 가고 팔자 좋게 봉사활동까지 다니는 청년들이 세상을 뭘 알겠느냐며, 괜스레 아이들에게 바람만 넣지 않을까 걱정할 만했다.

　시간이 힘이었다. 아이들과 함께하는 시간이 쌓이면서 부모들도 아이들을 따라 우리를 '선생님'이라고 부르게 되었다. 동네사람들이 모처럼 몸보신 하자며 마장동 우시장에 가서 선지라도 한 양동이 사오는 날이면 저녁 먹고 가라며 집으로 부르기도 했다. 칼바람이 불던 어느 겨울 저녁, 할머니가 꼭 밥 먹고 가라 했다며 잡아끄는 남매를 따라 들어간 부엌 겸 식당 겸 거실에 차려진 상에는 아무 양념 없이 푹 삶아서 손님상이라고 깨소금만 뿌린 선지 덩어리와 커피 병이 놓여 있었다. 언젠가 전철역에서 아이를 만났던 기억이 떠올랐다. 그때

자판기 커피를 마시고 있는 걸 본 아이가 내가 커피를 좋아한다고 한 모양이었다. 그 집 어른 중에 유일하게 앞을 보는 할머니는 손녀딸이 선생님 커피 좋아한다고 했다며 바닥에 알갱이가 까맣게 말라붙은 맥스웰 커피 병에 끓인 물을 부어 스텐 밥공기에 따라서 내주었다.

가난은 부엌 찬장에서도 속살을 드러냈다. '없이 사는 집'에는 없는 것이 많지만 먼저 눈에 띄는 것이 부엌살림이다. 양념이 없고 그릇이 없다. 언젠가 자선단체에서 김장용 배추를 잔뜩 기부받고도 고춧가루와 젓갈, 마늘 같은 양념을 살 재간이 없어서 결국 국수로 바꾸다가 집집마다 배급을 한 적도 있다.

지금 같으면 선지는 입에 안 맞아 못 먹겠다, 밥만 맛있게 먹을 테니 봐달라고 곰살궂게 말하며 물릴 수 있겠지만, 그러기엔 내가 너무 어렸다. 그나마 의지하려던 커피도 군내가 심해 도움이 되지 않았다. 어서 저희들 순서가 와야 하는데 빨리 수저를 들지 않고 인사치레만 늘어놓는 나를 보며 답답해하던 아이들이 젓가락을 딸깍거리다 기어코 한 대씩 얻어맞는다. 궁색한 살림에 찬 없는 손님상에, 이래저래 편치 않았을 아버지가 괜한 트집을 잡은 것이다. 보이지 않는 눈 대신 손으로 아이들 다리를 더듬어보더니 "선생님 오셨는데 무릎 꿇고 앉아야지!"라고 나무라며 찰싹! 손찌검을 했다. 맞아서 얼얼한

허벅지도 아랑곳없이 군침 도는 선지에만 눈길이 꽂힌 아이들을 보면서 숨을 참고 꾸역꾸역 수저를 놀렸다. 진땀을 뺀 만찬의 끝자락에 아이 아버지는 내 손을 찾아 끌어당기더니 신신당부를 했다. 우리 애들 제발 글자랑 구구단이랑은 잘 좀 가르쳐주시라, 계집애는 함바집에 궂은일이라도 시키고 아들놈 덤프 운전이라도 할라믄 읽고 쓰고 셈은 할 줄 알아야 한다더라⋯.

당시 동네 아이들의 영웅은 덤프를 운전하는 20대 청년이었다. 올라타려면 펄쩍 뛰어올라야 할 만큼 차대가 높은 트럭에 앉은 형의 모습은 동네 꼬마들의 부러움을 한 몸에 받을 만했다. 개발을 앞두고 대규모 아파트단지들이 들어설 준비를 하면서 널찍한 도로가 닦이고 그 도로를 질주하는 공사 차량들도 늘어갔다. 전철역에서부터 공부방까지 걸어서 20분쯤 걸리는 거리에 밥 먹을 곳이라고는 달랑 탁자 두 개짜리 짜장면집 하나뿐이었는데 군데군데 천막을 두른 함바집도 들어섰다.

그날 밤, 빙판이 된 도로를 따라 전철역으로 가는 길에 눈물범벅이 되어 얼마나 넘어졌는지, 빠른 걸음으로는 15분이면 닿을 길이 끝나지 않을 것 같았다. 꽁꽁 얼어버린 손발이 잘려나갈 것처럼 아프고, 빙판에 넘어져 멍든 무릎이 아프고, 새삼 한꺼번에 떠오르는 아이

들 얼굴이 아팠다. 마치, 이제 겨우 열 살밖에 안 된 아이들에게 너희
가 누릴 수 있는 삶은 요만큼이라고 금을 그어버리는 것 같았다. 이
건 반칙 아닌가! 당연히, 덤프트럭 기사나 함바집 아라이(설거지 보조)
를 놓고 직업의 귀천을 따지려는 건 아니다. 다만 그 일을 떠올린 이
유가 오로지 입에 풀칠하기 위한 것이라는 게 견디기 힘들었다. 세상
모든 일을 꿈꾸어도 좋을 나이의 자식을 보며 그 일도 할 수 없을까
봐 걱정하고, 다른 일은 엄두도 낼 수 없을 거라고 여기는 아버지의
두려움이 절망스러웠다. 하지만 너무 이른 그 아버지의 절망이 원망
스러운 반면, 한편으로는 이해할 수밖에 없었다.

묻고 또 물었다.

"과연 이 세상 누구에게 한 사람의 꿈의 크기를 결정할 권리가 있
을까."

이렇게 아이들을 만나서 받아쓰기를 하고 고무줄놀이나 공차기를
하면서 환하게 웃는다고 아이들의 처연한 현실이 달라지진 않을 거
라고, 누군가 보란 듯이 쏘아붙이는 것만 같았다. 밤을 새워 토론하
며 도시빈민과 철거 문제, 아동심리와 교육학, 역사와 경제학을 공부
한다고 무슨 소용이 있을까. 어른들 말처럼 세상물정 모르고 팔자 좋
은 우리들의 자족적인 활동은 아닐까. 어린 마음에 무력감도 들고 자

괴감도 들었다.

금을 긋고 울타리를 친 그곳에서 일방적인 시혜가 얼마나 큰 낙인 감^{stigma}을 갖게 하는지, 소외계층을 '효과적으로' 돌보기 위해 시설을 만들고 모아놓는 것이 얼마나 높은 벽을 세워버리는 일인지 알게 되었다. 그리고 이 세상에 '절반'만 사람인 사람은 없다는 진실과, 절반쯤만 사람 취급을 받는 사람이 많다는 현실도 알게 되었다.

측은지심에서 통합으로

'병신 육갑한다'는 말에 유난히 예민해진 것도 그때부터다. 명절을 앞두고 그곳에선 '앰뿌'라고 부르던, 평소 일 나갈 때 쓰는 앰프를 놓고 둘러앉아 노래자랑을 벌이는데 누군가 그 장면을 보고 혀를 차며 말했다. "병신들 육갑하고 있네. 저러고 싶을까."

어지간한 욕에는 귀도 입도 익숙한 편이지만, 유독 그 말에는 부르르 화를 냈다. 대학 동아리 후배가 무심결에 그 말을 내뱉었을 때 반사적으로 등짝을 세게 때렸다가 어쩔 줄 몰라 했던 걸 지금도 기억한다. 도서관에서 만난 청소년들이 온갖 욕과 비속어를 써도 들은 척만 척하면서 '애자'라는 말은 절대로 쓰지 말자고 정색을 하고 말하는 것도 마찬가지 이유다.

병신 육갑한다는 말의 사전에 담긴 뜻은 '되지못한 자가 격에 어울리지 않게 엉뚱한 짓을 한다고 조롱하는 말'이다. 병신, 다시 말해 장애를 가진 주제에, 보통사람에게도 어려운 십천간十天干과 십이지十二支를 짚어서 육십갑자를 헤아린다는 것에 빗댄 표현이다. 상대방에게 경멸하는 표현을 쓸 때 장애인을 나타내는 말로 '애자'라고 하는 것도 장애인에 대한 편견을 드러내는 것이라 화가 났다.

물론 그 표현을 반드시 장애인에게 사용하는 것도 아니고 정확하게 그 뜻을 새기면서 쓰는 것도 아니라는 걸 안다. 하지만 사람들의 무의식 속에 신체적·정신적·심리적 장애가 있는 사람은 그에 걸맞은 행동만 하는 게 마땅하다는 생각은 그렇게 무심코 지나쳐버릴 일이 아니라고 생각했다. 그런 무의식적인 편견이 또다른 편견을 낳고 오해를 낳아, 누군가에게는 상처가 되고 폭력이 되고 심각한 문제 상황을 불러오기도 하기 때문이다.

장애인들은 '불편함이 없도록' 보조장비와 설비를 갖춘 곳에 모여서 사는 것이 낫다고 생각하는 사람이 많다. 귀찮아서 혹은 무시해서가 아니라 진심으로 걱정하고 위하는 마음에 그러는 것인 줄 잘 안다. 그런 처지에 사회적인 관계와 세상과의 소통, 도전 따위는 생각할 게 아니라고 단순하게 접어버린다. 그들의 생존을 먼저 걱정하고 배려하느라 그 사람의 감정, 욕구, 생각, 개성 같은 것은 미처 보지 못하는 것이다. 하지만 앞을 보지 못하고, 눈 주위가 화상으로 일그러지고, 잘려진 팔 대신 갈고리를 끼고 있어도, 그들은 틀림없이 심장이 뛰는 사람들이었다. 어린 대학생을 깍듯이 선생 대접을 해서라도 아이에게 밥상머리 예절을 가르치고, 구걸할 때 쓰는 스피커나 하모니카로 잔치에 흥을 돋우는, 춥고 덥고 기쁘고 슬프고 그립고 반갑고 아프고 행복해하기도 하는 사람인 것이다.

장애에만 국한된 것도 아니다. 사회규범에 의해, 혹은 '가진 것'에 따라 우리에겐 사회적으로 통용되는 분류표의 이름이 주어진다. 그 이름표가 너무 커져서 본래 그 사람의 이름은 미처 보이지도 않도록 가려지곤 한다. 돈이 없거나 학력이 낮거나 심지어 부모가 없다는 이유로 어떤 대상을 '절반쯤만' 사람으로 여기는 예는 흔히 볼 수 있다. 그것을 배려라고 여기기도 한다. 그것이 온전한 배려일지, 적어도 그런 배려를 받은 대상이 행복해지거나 삶의 질이 나아질지는 누구든 자신을 돌아보면 쉬 알 수 있다. 남자가, 애엄마가, 학생이, 같은 말로 시작하는 이야기를 무척 듣기 싫어하면서도 다른 사람들에게 그 들기 싫은 말을 얼마나 많이 해대면서 살고 있는지.

주로 그렇게 분류표처럼 주어진 이름들은 생존의 문제와 연관된다. 생존은 중요하고 절실하지만, 나머지 절반의 삶도 포기하거나 무시될 수 없다. 아니, 삶을 그렇게 반반으로 나누는 것이 가능하기나 한지도 모르겠다. 자존감, 자긍심, 세상과 소통하면서 쌓아가는 고유한 정체성은, 같은 이름표를 달고 있는 역할도 다른 빛깔로 만들 수 있기 때문이다. 아버지라는 말로도 우리는 100가지 이미지를 떠올릴 수 있고, 그 이름을 달고 있는 사람들의 행복지수는 모두 다르지 않은가.

누구든, 생존의 문제에만 매이지 않고 행복한지, 가슴을 뛰게 하는 뭔가가 있는지가 중요하고 그것을 위해 기꺼이 공을 들일 수 있게 되길 바랐다. 그러기 위해서는 무엇보다 세상과의 관계가 제한되지 않아야 한다고 생각했다. 태어나면서, 혹은 살아가면서 환경에 의해 주어지고 제한되는 삶의 틀에 갇히지 않고 누구든 넓은 세상을 만나고 누릴 수 있기를 바랐다. 그런 간절함에서 '통합'이라는 화두는 참으로 긴 시간 풀리지 않는 숙제처럼 나를 따라다녔다. 그러다 도서관이라는 가능태를 만나면서 마침내 답을 찾은 것 같았다. 공공성publicness이라는 실마리를 통해서.

통합에서 공공성으로

　　　　　　　　　　도서관 만들 준비를 시작
한 1999년 여름, 이곳 수지는 '읍'이었다. 5년 만에 '출장소'가 설치
되고 다시 3년 뒤 '구'로 승격되었다. 인구유입률 전국 최고기록을
세우는 예비 신도시로 눈 깜짝할 새 동네풍경이 달라졌다.

　아파트값이나 땅값에 매달려 찾아든 이주민들은 아버지, 할아버
지 때부터 이곳에 살고 있던 사람들에게 '원주민'이라는 이름을 붙
였다. 원주민 마을과 새로 들어선 아파트들 사이에는 SF영화에서 외
계생명체들을 격리시키는 투명한 차단막 같은 것이 생기기 시작했
다. 그 차단막은 풍선에 바람을 넣는 것처럼 빠르게 자라더니 학교,
놀이터, 동네 구석구석으로 덩굴처럼 파고들었다. 레고 블록을 쌓는
것처럼 눈 깜짝할 새 아파트가 세워지는 속도를 학교가 따라가지 못
해서 학기 중에도 소음과 먼지를 내면서 증축공사를 했다. 낡은 학교
건물 옆에 새 건물이 들어서면서 또 하나 신조어가 생겼다. '세균맨'.
그 이름은 순식간에 아파트 아이들에게 터줏대감 자리를 내주게 만
들었다. 학교 복도에서도 냄새난다고 코를 막고 피해 다니고 화장실
에 갔다가 세균맨이 들어오면 드러내놓고 불쾌한 내색을 하면서 다
른 층의 화장실로 가버리기도 했다.

차단막은 학교 밖까지 따라왔다. 이주민 동네나 원주민 동네나 아이들은 모두 뺑뺑이를 돌았다. 곧바로 가면 10분도 걸리지 않을 학원을 30분이 넘게 버스를 타고 다녔다. 단지마다 일일이 들러서 아이들을 태우느라 빙 돌아가는 셔틀버스를 타고 말 그대로 뺑뺑이를 도는 것이다. 한편 원주민 동네 아이들은 배차간격이 겨우 1시간에 한 대인 마을버스를 기다리느라 정류장 옆 아파트 놀이터에서 뺑뺑이를 탔다. 그나마 점심저녁 교대시간에 걸려 배차를 건너뛰면 버스를 놓친 아이들은 두 시간이 훌쩍 넘도록 놀이터 신세를 져야 했다.

너무 친절하고 부지런한 셔틀버스에서 시간을 흘려보내는 아이들, 너무 무심하고 느긋한 마을버스를 기다리느라 아파트 놀이터에서 시간을 흘려보내는 아이들, 본인의 요구나 선택과 상관없이 서둘러 대열에서 밀려나는 걸 보며 양극화가 얼마나 삶 속으로 속속들이 파고들었는지 실감했다. 아이들만의 문제는 아니었다. 아이들이 세상에 대한 두려움을 배운다는 건 우리 삶이 단단히 잘못된 길로 들어섰다는 걸 보여주는 증거였다. 경쟁, 소외, 양극화, 온갖 사회문제의 전시장 같은 동네 한복판에 도서관을 열었다.

처음부터 도서관을 만들겠다고 생각한 것은 아니다. 당시 전국을

통틀어 공공도서관은 400곳. 걸어서 갈 수 있는 거리에 도서관이 있
는 동네는 찾아보기 힘들었다. 민간에서 도서관을 만든다는 건 생각
도 할 수 없는 일이었다.

느티나무는 도서관에서 출발했다기보다 '아이들'에서 출발해 도
서관이 된 사례라고 할 수 있다. 세상 모든 아이들이 행복할 권리를
누리기 바랐다. 그런데 현실의 아이들은 호기심이 눈을 뜨기도 전에
경쟁과 평가에 내몰리고, 너무 이른 나이에 절망을 배우고 있었다.
안타까웠다.

아이들은 그 사회의 거울 같아서 아이 키우기 좋은 동네라면 누구
나 살기 좋은 동네가 되지 않을까 생각했다. 느티나무라는 이름부터
지었다. 느티나무는 마을을 상징한다. 넉넉한 그늘을 드리우고 선 느
티나무처럼 누구나 편안하게 찾아와 소통과 배움을 누릴 수 있는 공
간이 생긴다면 사람들 표정이, 마을풍경이 달라지지 않을까 기대했
다. 아이들이 넓은 세상을 만나 세상과 자신에 대한 믿음을 키우고
경쟁보다 먼저 어울림을 배울 수 있기를 바라며, 사랑방처럼 편안하
고 자유로운 공간을 만들고 사방을 책으로 채웠다. 그러다 보니 도서
관이 되었다.

마침내 도서관이라는 이름을 찾게 해주는 행운도 만났다. 시청과

읍사무소, 다른 지자체의 구청까지 문턱이 닳도록 드나들다가 어떤 친절한 공무원 덕에 사립문고라는 명칭을 알게 된 것이다. 내가 이야기하는 내용이 사립문고에 가장 가까운 것 같다며 법령집까지 꺼내어 보여주었다. 그 공무원이 보여준 도서관및독서진흥법에는 '도서관 기준에 미치지 못하는 도서시설'로 사립문고라는 것이 정의되어 있었다. 만드는 절차는 신고제였다. 신고제라는 말은 허가를 받기 위한 까다로운 절차 없이 개인도 만들 수 있도록 허용한다는 뜻이었지만, '아무런 지원이 없다'는 뜻이기도 했다. 그래도 실마리를 찾은 것 같았다. 시청이나 읍사무소를 찾아가면 번번이 선 채로 기다리다가 해당부서가 아니라는 말만 듣고 돌아서야 했는데, 이제 '사립문고 담당자를 만나러 왔다!'고 말하면 될 테니, 힘이 났다.

  공간을 찾고 책을 고르느라 돌아다니면서, 마침 도서관학을 전공한 고등학교 동창이 설립 멤버로 참여했던 도서실을 10년 만에 다시 찾아갈 기회도 생겼다. 그곳이 바로 6년째 느티나무 친구도서관으로 함께하고 있는 난곡주민도서관 새숲이다. 그때까지도 난곡주민도서실로 불리던 그곳에서 초기에 실장을 맡았던 내 친구 김호정에 이어 지금까지 새숲 20여 년의 역사를 지켜온 이명애 관장에게 한국십진분류법 자료도 얻고 도서관전산화프로그램이나 가구업체에 관한 정보도 얻었다. 행운이 잇따라, 마침 같은 용인시에 자리잡고 있는 강남대학교의 문헌정보학과 교수님과 학생들을 만나면서 용어조차 낯설기만 했던 도서관 실무도 하나하나 채워나갈 수 있었다.

도서관 이름 앞에 '공공'이라는 수식어가 붙는 이유

우연한 만남이 거듭되면서 도서관이라는 어렴풋한 가능성을 감지하고부터는 도서관이라는 세 글자가 들어간 자료면 무엇이든 찾아 읽었다. 그러다가 마침내 머릿속에 환하게 불이 켜지는 것 같았던, 평생 잊지 못할 순간이 찾아왔다. 〈유네스코 공공도서관선언〉과의 만남.

도서관 이름 앞에 붙여진 '공공'이라는 수식어가 '무료로' 이용할 수 있는 곳이라는 뜻인 줄만 알고 있었다. 공공이라는 수식어가 달린 장소나 서비스가 흔히 그런 것처럼, 공들여 관리하고 섬세하게 배려하진 않지만 돈이 들지 않기 때문에 이용하게 되는 것, 수익이 나지 않기 때문에 시장에 맡길 수 없는 일, 쯤으로 여기고 있었다. 그런데 공공이라는 말에는 여전히 공공도서관이 제대로 뿌리내리지 못한 이유, 그렇지만 이 시대에 희망을 던져주는 이유, 그래서 공공도서관이 여전히 '운동'이 되어야 할 이유가 담겨 있었다. 그리고 내가 오래도록 붙잡고 있었던 통합이라는 화두만으로는 답을 찾기 어려웠던 이유를 알게 해주었다.

> 개인과 사회의 자유, 번영 그리고 발전은 인간의 기본적 가치다. 이러한 것들은 정보를 갖춘 시민들이 민주적 권리를 행사하고 사회 안에서 능동적 역할을 수행하는 능력을 통해서만 얻어질 수 있다. 건설적인 참여와 민주주의의 발전은 지식, 사상, 문화 그리고 정보에 대한 자유롭고 무제한적인 접근뿐만 아니라 만족스러운 교육에 달려 있다. … 공공도서관은 이용자가 모든 종류의 지식과 정보를 쉽게 이용할 수 있도록 만드는 지역의 정보센터다. 공공도서관의 서비스는 연령, 인종, 성별, 종교, 국적, 언어, 사회적 신분에 관계없이 모든 사람을 위한 균등한 접근 원칙에 입각하여 제공된다.
> — 〈IFLA/UNESCO 공공도서관선언〉에서

가슴이 뛰었다. 어떤 차별도 없이 지식, 사상, 문화, 정보에 접근할

권리를 보장한다니! 틀림없이 격차나 소외의 문제를 다루지만 자선이나 시혜와는 다른 해법이었다. 장애나 인종처럼 누군가를 그 사회의 소수자로 만드는 요인들만 이야기하는 것이 아니기 때문이다.

한집에서, 동네에서, 같은 교실 안에서도 차이를 못 견뎌하며 서로를 소외시키는 일이 얼마나 많은가. 사회구조를 유지하면서 시스템이 작동하는 효과를 높이기 위해서 구성원들을 구별하는 잣대는 끊임없이 발전시켜온 반면에, 그 잣대가 적용되지 않는 차이나 특성을 존중할 방법은 배울 기회가 없다. 잠재력을 키우는 게 교육의 목표라고 하면서도 서로 다른 아이들을 존중하는 법은 수십 명의 아이들을 함께 만나는 교사들조차 배울 기회가 없다. 지식기반사회로 들어서면서 지식과 정보, 문화자본의 격차가 양극화의 골을 얼마나 깊게 만들 수 있는지, 그 끝이 보이지 않는다.

공공도서관선언을 만난 건 간절함 끝에 만난 행운이었다. 오랫동안 매달렸던 '통합'이라는 화두에 마침내 '공공성'이라는 답을 얻었다. 그 뒤로 지금까지 느티나무도서관이 지나온 10여 년 동안 공공성은 가장 중요한 원칙으로 자리를 지켰다. 해야 할 일과 할 수 없는 일을 가려내야 할 때, 포기하거나 유예하거나 혹은 강행하는 선택을 할 때도 기준은 언제나 공공성이었다.

삶의 서사 narrative를 위하여

우리는 누구나 우리의 인생 이야기, 내면적인 이야기를 지니고 있으며 그와 같은 이야기에는 연속성과 의미가 존재한다. 그리고 그 이야기가 곧 우리의 인생이기도 하다. 그런 이야기야말로 우리 자신이며 그것이 바로 우리의 자기 정체성이기도 한 것이다. … 생물학적으로나 생리학적으로 우리는 서로 그다지 다를 것이 없는 존재들이다. 그러나 역사적으로 그리고 이야기의 화자로서 우리 모두는 각각 고유한 존재이기도 하다.

— 올리버 색스, 《아내를 모자로 착각한 남자》, 이마고, 2006, 214쪽

세상을 만나고 삶을 읽다

책을 펼쳐든 시간 동안 우리는 수많은 만남을 누린다. 세상 모든 역사와 문화, 도전과 실패, 전쟁과 화해, 용기와 상처, 러브스토리까지…. 읽는 사람의 내면에서는 저자, 등장인물, 그들의 삶과 그것을 둘러싼 세상, 그 모든 것과 대화가 이루어진다. 그러면서 차츰 알지 못하던 것에 대한 두려움에서 벗어나게 된다. 세상이 조금씩 더 넓어진다. 때론 책을 펼치기 전의 자신과 마지막 책장을 덮을 때의 자신이 다르게 느껴질 만큼.

책 한 권을 읽는 사이에 세상이 달라지는 건 아니다. 하지만 그런 마법 같은 일들은 실제로 일어났고, 그런 은밀한 화학작용이 일어나는 곳은 바로 책을 읽는 사람의 내면이라는 것을 우리는 도서관의 일상에서 수없이 확인할 수 있었다. 책으로 일어나는 만남은 사유의 시간을 선물한다. 토막 난 정보나 지식을 넘어 큰 줄기의 맥락context을 읽어내는 통찰력이 눈을 뜨면 당연하게 여기던 것에 '왜?'라는 질문을 던지게 된다. '~하게 되지 않을까?' '~였다면 어떨까?' '사실은 ~했던 것이 아닐까?' 뒤집어 생각해볼 수 있는 상상력에 불을 켠다. 공상이나 망상이 아니라, 우리 앞의 던져진 문제들을 풀고 대안을 찾아가는 상상력.

그렇다고 해서 지금까지 살아온 세상에서 뚝 떨어져 나와 다른 세상으로 가는 것은 아니다. 누군가 다른 사람이 되어 책을 읽는 것은 아니니까. 책을 읽고 있는 것은 바로 그 자신이다. 책을 통해 새로운 세상을 만나는 것도 그 사람의 지나온 시간, 경험, 지식, 관심, 고민으로 숙성된 눈을 통해 바라보는 것일 테니까. 그리고 보면 책을 읽는 것은 어쩌면 자신이 살아온 시간, 발 딛고 선 삶을 읽는 것이라고 하는 게 옳을지도 모르겠다. 그 시간과 삶이 좀더 잘 보이도록 이쪽저쪽 다양한 각도로 자리를 옮기면서 말이다.

우리는 그런 기회를 가지려고 도서관을 열자마자 독서회도 꾸리고 낭독회도 열었다. 때때로 책 한 장이 쇳덩이만큼 무거운 책들을 만나기도 했다. 독서회모임에서 함께 읽고 싶은 책을 소개하면, 읽고 싶은데 도무지 책장이 넘어가질 않는다는 하소연을 듣곤 했다. 그런 장애물을 넘어서는 데 도움이 되길 바라며 마중물 같은 강독회도 마련했다.

독서회를 꾸려 함께 책을 읽고 생각을 나누면서 우리가 참으로 많은 것에 지독하리만큼 길들여져 있다는 걸 확인했다. 미처 의식하지 못했던 선입견과 편견을 한 겹씩 걷어내기 위해 역사책을 읽고, 주부가 되면서 눈길도 주지 않았던 사회과학서를 읽었다. 현상만 놓고 비판하거나 부정할 것이 아니라, 배경과 맥락을 제대로 알고 이해하면서 현상에 담긴 의미와 문제, 혹은 다른 대안의 가능성을 상상할 수 있기를 바랐다. 기대했던, 때로는 상상했던 것과 너무 다른 역사를 만나면서, 우리는 그동안 얼마나 많은 걸 모르거나 잘못 알고 있었는지 놀라고 또 놀랐다. 반드시 의도된 왜곡이 아니더라도 교과서에 실렸던 지극히 정제된 역사나 단편적인 정보가 우리를 얼마나 진실에서 멀어지게 만들 수 있는지 확인했다.

인류 역사에서 기록에 남을 만한 기아와 질병, 전쟁, 그 어떤 재앙으로 죽은 이의 숫자보다 지난 20세기에 전쟁으로 죽은 이의 숫자가 훨씬 더 많다는 사실에 놀랐다(더글러스 러미스,《경제성장이 안되면 우리는 풍요롭지 못할 것인가》, 녹색평론사, 2002). 또 학교가 없는 세상은 상상도 할 수 없는 것처럼 학령기에는 학교에 다니는 것 외에 다른 생각을 하지 못했는데, 정작 세상에 학교가 생겨난 것은 겨우 200년 남짓밖에 되지 않았다. 학교제도를 고안해낸 배경은 산업혁명과 시민혁명을 거치면서 노동자와 군인을 양성하기 위한 국민국가의 필요에 의한 것이었다는 역사적 사실(매트 헌 외,《학교를 버려라》, 나무심는사람, 2004)과도 마주했다. 인간에게 배움이란 어떤 의미를 갖는지 끊임없이 고민하면서 아이들을 스스로 학습능력을 가진 존재로 존중하고 그 능력이 발현될 수 있는 자유로운 환경을 만들기 위해 실천한 사례들(《꽃으로도 아이를 때리지 말라》[프란시스코 페레 · 박홍규, 우물이있는집, 2002],《두려움과 배움은 함께 춤출 수 없다》[크리스 메르코글리아노, 민들레, 2005])을 통해 이 사회에서 어떤 권력보다도 막강한 힘을 행사하고 있는 입시와 교육제도에 대해 다시 생각해보게 되었다. 세계지도는 언제나 북반구를 위로 남반구를 아래로 그리는 것이 장갑은 손에 끼고 신발은 발에 신는 것만큼이나 당연한 줄로만 알았다. 그런데 국가중심주의를 벗어나 문화적인 요인이 국제관계를 이끌어가는 세계화의 흐름 속에서 지도의 제작기법에도 변화가 요구된다는 사실(아서 제이 클링호퍼,《세계지도에서 권력을 읽다》, 알마, 2012)을 알게 되었다. 당연하게 여기던 많은 것에 삶을 규정하는 힘이 작동하고 있음을 다시 생각해보게 했다. 초콜릿의 원료인 카카오를 생산하는 농장에서 얼마나 많은 어린아이들이 힘겨운 노동에 동원되고 있는지 보여주는 통계자료와 더불어 정작 그 아이들은 초콜릿을 먹어볼 기회를 갖지 못한다는 사실을 읽으면서(다나카 유 외,《세계에서 빈곤을 없애는 30가지 방법》, 알마, 2007) 달콤한 초콜릿이 남기는 쌉쌀한 맛이 새삼 의미를 갖고 다가오기도 했다. 힘을 가진 사람들이 피지배층의 사람들에게 책을 펼치지 못하게 하려고

무던히도 애를 썼던 이유와 그 바닥에 깔린 두려움을 좀더 구체적으로 확인한 셈이다.

학교만 졸업하면 자격증 취득이나 취업을 위한 시험과목으로 주어지지 않는 한 평생 읽을 일이 없을 거라고 여기던 지리책이나 과학책을 읽을 이유가 생겨났다. 그것은 과학이나 지식(혹은 학력이라고 바꿔 말해도 좋을)에 지나친 권위를 부여하는 선입견에서 벗어나게 해주는 효과도 있었다. 교과서가 아니라 다양한 책을 갖춘 도서관이 필요하다는 걸 거듭 확인한 것은 말할 나위도 없고, 도서관의 장서를 갖추는 데 끊임없이 공을 들여야 한다는 책임감으로 우리를 좀더 긴장시키기도 했다.

눈을 뜬다는 것이, 세상을 새롭게 보게 되는 것이, 늘 설레고 즐겁기만 한 일은 아니었다. 갑갑해도 그럭저럭 남들처럼 살 수 있었는데, 드러나지 않았던 세상의 뒷면을 보면서 오히려 더 혼란스럽고 고통스러워진다는 회의에 빠지기도 했다. 실제로 가족이나 직장 동료, 이웃들과 부딪혀 누군가가 일상을 뿌리째 뒤흔들어놓는 것 같기도 했다. 끝내 모임을 떠나는 사람이 생기기도 하고, 독서회 자체가 해체되기도 했다. 때론 함께 겪어야 할 성장통이라고 자위하기도 했고,

때론 우리가 정말 못할 짓을 하고 있는 건 아닐까 자책하기도 했다. 이런 걸 바란 건 아닌데….

다행스럽게도, 그렇게 '종종 불편한' 배움과 사유의 시간을 지내면서 조금씩 담담해지는 힘이 생겼다. 변화도 성장도 꿈꾸는 일도 세상을 자기 스스로의 눈으로 보고, 배움도 사유도 일상의 삶 속에 녹아들 때야 가능하다는 걸 확인했기 때문이다. 무엇보다 힘이 된 건, 고요하게 책에 빠져드는 시간이 우리 자신을 조금씩 단단하게 만든다는 사실이었다. 한 뼘씩 자유로워지고 있다는 증거 같았다. 책의 마지막 장을 덮을 때 뜨끈한 국물을 들이켠 것처럼 온몸의 근육과 신경이 새로운 기운으로 채워질 때가 있다. 사람들이 도서관에 오면서 '자꾸 하고 싶은 게 많아진'다고 했던, 그 마법 같은 일을 설명할 수 있는 유일한 방법은 바로 그런 순간을 직접 체험할 기회와 여건을 만드는 데 공을 들이는 것뿐이었다.

명품 가방 vs. 수놓은 스카프

"아내에게 값비싼 명품 가방이나 신발을 사주고 그 대가로 보장받을 수 있는 사랑의 유효기간은 얼마나 될까요?”

　도서관에서 봄가을로 여는 동네아빠워크숍에 참가한 ‘아저씨들’
에게 질문을 했다. 모두 웃을 뿐 답을 하지 않았다. 하지만 몇 사람이
고개를 가로로 저었다. 보증기간을 장담하기 어렵다는 뜻일 게다.

　명품에 무조건 반감을 표하거나 명품을 만들어내는 사람들의 열
정을 무시하려는 건 아니다. 다만 누가 입고 신었다는 이유만으로 천
문학적인 가격으로 날개 돋친 듯 팔리는 현상이나, 선물하는 사람의
애정과 존경과 감사의 마음조차 상표와 가격으로 등급이 매겨지는
풍조에 씁쓸할 뿐이다.

　다시 물었다. 만일 가판대에서 산 스카프에 아내 이름을 수놓아 선
물한다면? 손수건 한 장, 아님 설거지에 쓰는 행주도 좋겠다, 워크숍
에서 만난 동네 아빠들이 바느질모임을 한번 해보면 어떻겠느냐, 이
름 전체를 새기지 않고 이니셜만 수를 놓으면 크게 어려운 일도 아니
지 않겠느냐…. 한껏 부추겨도 그 자리에서 선뜻 나서는 사람은 없었
지만, 참가자들 얼굴에 진지하면서도 흐뭇한 웃음이 담겼다.

　졸업을 맞은 한 소녀가 아버지가 손수 뜨개질한 목도리를 선물로
받는다면? 아마 살아가면서 어떤 어려움에 부딪히더라도 다시 일어
서서 앞으로 나아갈 든든한 힘을 얻지 않을까. 소녀 앞에 놓인 시간

들은 더이상 생존경쟁의 전쟁터가 아니라, 기쁘게 배우고 맘껏 실패하고 가슴 뛰놀며 꿈을 꾸는 무대가 되지 않을까 싶다.

우리는 그렇게 '문화적'인 삶을 꿈꿨다. 아주 작은 것부터, 우리가 발로 딛고 선 공간과 시간의 의미를 우리의 머리와 가슴으로 느끼고 우리의 인식과 상상력으로 변화시킬 수 있기를 바랐다. 더이상 문화가 먹고사는 일이 해결된 뒤로 미뤄야 하는 값비싼 상품이 아니라 일상의 풍경이 되기를 바랐다.

팽팽하게 맞서던 이데올로기가 비운 자리를 '돈'이 채워버린 시대, 양적 성장의 끝자락에서 맞닥뜨린 불안한 위험사회에서, 그것이 다시 희망을 이야기할 수 있는 길이 되기를 기대했다.

지난해 여러 언론 지면과 인터넷 사이트에서 나라별 중산층 기준을 실은 글이 한동안 사람들 입에 오르내렸다. 연봉정보 사이트에서 직장인들을 대상으로 '중산층의 기준'에 대해 설문조사한 결과였다. 한국인들이 생각하는 중산층의 기준은 이랬다. 부채 없이 30평 이상 아파트 소유, 월급 500만 원 이상, 2000cc급 이상의 중형차 소유, 예금잔고 1억 원 이상, 1년에 한 번 이상 해외여행을 다닐 것. 누가 봐도 씁쓸한 느낌을 떨치기 힘들 만큼 오로지 물질적인 기준뿐이었다.

문화적이고 도덕적인 삶의 질을 강조한 프랑스, 영국, 미국 등의 기준을 함께 비교하고 있어서, 물질에만 매달리는 한국이 더 두드러져 보였다.

프랑스에서는 퐁피두 대통령이 '정치는 결국 삶의 질^{Qualite de vie}을 높이는 것'이라고 하면서 삶의 질 향상을 위한 공약으로 중산층 기준을 내걸었다. 외국어를 하나 정도는 할 수 있어야 하고, 직접 즐기는 스포츠가 있어야 한다. 또 다룰 줄 아는 악기가 있고, 남들과 다른 맛을 낼 수 있는 요리가 하나 이상 있어야 한다는 등의 내용이었다. 영국의 옥스퍼드대학에서는 중산층 기준을 이렇게 제시했다. 페어플레이를 할 것, 자신의 주장과 신념을 가질 것, 자기만의 독선을 지니지 말 것, 약자를 두둔하고 강자에 당당하게 대응할 것, 불의나 불평·불법에 의연히 대처할 것. 미국의 예는 공립학교에서 아이들에게 가르치는 기준이 인용되었다. 자신의 주장을 떳떳하게 밝히고 사회적 약자를 도우며 부정과 불법에 저항하는 것. 미국 사례의 마지막 기준이 특히 눈길을 끌었다. '테이블 위에 정기적으로 받아보는 비평지가 놓여 있을 것.'

중산층의 개념이나 기준에 대해 해마다 다양한 설문조사도 이뤄지고 이야기하는 주체에 따라 다양한 의견과 논쟁이 있어왔다. 하나의 답으로 적용할 수 있는 결론은 없고, 꼭 그래야 할 필요가 있다고 생각하지도 않는다. 하지만 앞에서 인용한 나라별 중산층 기준은 생각해볼 메시지를 남긴다. 얼마나 가지고 살 것인가, 아니면 어떻게 살 것인가.

먹고사는 문제는 중요하다. 생명을 유지하지 못한다면 세상 자체가 의미를 잃어버리고 말 테니까. 다만 사람이 살아가는 데 물질이 필요조건이라고 할 수는 있어도 충분조건이라고 보긴 어려운데, 물질에만 매달리느라 소중한 것들을 놓쳐버리는 현실이 안타깝다. 자존감, 자긍심, 안정감, 막막한 현실에도 불구하고 가슴을 뛰게 만드는 어떤 것, 끝없이 세상을 이해해가면서 세상과 상호작용하는 주체로서의 존재감 같은, 말하자면 저울에 달아 잴 수는 없지만 저울이 없어도 그 무게를 감지할 수 있는 가치들 말이다.

모니카 페트가 쓰고 안토니 보라틴스키가 그린 그림책《행복한 청소부》(풀빛, 2000)의 주인공은 작가와 음악가들의 거리에서 표지판을 닦는 청소부다. 어느 날 자신이 몇 년째 닦아온 표지판의 글자들이 작가와 음악가들의 이름이란 것을 알게 되면서 도서관에 찾아가 음악가와 작가들의 삶에 대한 책을 빌려 읽고 그들의 작품을 찾아 듣고는, 멜로디를 휘파람으로 불거나 시를 읊조리기도 하면서 표지판을 닦는다. 사다리에 선 채 자신에게 강의하듯 음악과 문학에 대한 이야기를 들려주기도 한다. 많은 사람들이 그의 낭송과 휘파람과 강연을 들으러 표지판 주변에 모여들기 시작하고 대학에서 강연 의뢰까지 받는다. 하지만 그는 끝까지 행복한 청소부로 머무른다. 작가는 말한다. 청소부를 만나는 사람들마다 깜짝 놀란 것은 표지판 청소하는 사람 따로 있고 시와 음악을 아는 사람 따로 있다고만 여겨서 청소부가 시와 음악을 알 거라고는 상상도 못했기 때문이라고. 어쩌면 우리도 생계를 위한 일과 우리 존재에 의미를 부여하는 삶 사이에 너무 높은 벽을 세우고 멀찍이 떨어져 있는 것은 아닐까.

그러고 보면 도서관을 만난 건 정말 행운이었다. 종종 빌려갈 책을 고르는 데 정신이 팔린 이용자가 반찬거리가 들어 있는 장바구니를 놓고 가면, "아이만 놓고 가지 않으면 된다"고 우스갯소리를 하기도 한다. 건망증과 나이 탓을 하면서 말이다. 도서관은 그렇게 가까이에 있는, 반바지에 슬리퍼 차림으로도 언제든 찾아갈 수 있는 삶터의 공간일 뿐 아니라, 문득 눈에 들어오는 삶의 조각과 흐름을 느끼고 사유할 수 있는, '지극히 문화적인' 공간이다.

삶＋앎＝사람(?)

'사람'의 말뿌리는 동사 '살다'라고 한다. 서정범의《우리말의 뿌리》(유씨엘, 2005)에 따르면 동사 '살다'는 목숨을 지닌 존재가 그 목숨을 이어나가려고 움직이는 모든 동작을 말하는데, '사르다'라는 연소작용과 연관 지어 만들어진 말이라고 한다. 생명현상이란 에너지가 옮겨가는 과정으로 볼 수 있으니 그 설명에 고개가 끄덕여진다.

'살다'는 그 밖에도 여러 의미로 쓰인다. 본래 지니고 있던 색깔이나 특징 따위가 그대로 있거나 성질이나 기운 따위가 뚜렷이 나타난다는 걸 표현할 때도 '산다' '살아 있다' '살아난다'고 한다. 마음이나 의식 속에 남아 있거나 생생하게 일어나는 현상, 움직이던 물체가 멈추지 않고 제 기능을 하는 것, 글이나 말 또는 어떤 현상의 효력 따위가 현실과 관련되어 생동감 있다는 걸 표현할 때에도 '살다'라는 동사를 쓴다.

'삶'이란 낱말 자체가 주어진 생명을 유지하기 위해 먹고 입고 쓰는 행위를 넘어선 의미를 갖는다고 볼 수 있지 않을까. 우리는 그것을 '생존'이라고 부른다. 삶이란 말에는 자신의 시간을, 공간을, 세상을 이해하고 느끼고 기억하며 사유한다는 의미가 담겨 있다. 그렇다면, 사람다운 삶이란? 먹고 입고 쓰는 것만이 아니라 앎을 쫓고 익히고 깨달아가는 삶, 그래서 누구나 한 권의 책처럼 자기 삶의 내러티브를 엮어가는 과정이라고 말할 수 있을 것 같다.

사람과 삶이라는 말의 뿌리를 생각하다가 문득, 뒤에 붙은 '암'이 단순히 명사를 만드는 접미사가 아니라 '앎'이 아니었을까 하는 생각이 든다.

삶+앎. 삶을 아는 존재, 앎을 사르는 존재….

그럼 도서관이 있어야 할 이유는 모두 사람답게 사는 세상이 되기 위해서라고 말할 수 있지 않을까. 삶을 알게 하는 '책'과 앎을 함께 살아낼 '사람'을 만나는 곳이니 말이다. 그러고 보니 책을 읽는 것은 사람뿐이다. 동물들도 언어를 사용한다고 하지만 책을 만들고 읽는 것은 생존을 위한 의사소통을 넘어 존재에 대한 회의와 사유를 나누는 것 아닌가.

우리는 도서관을 만들면서 책이 두려움과 불안으로 딱딱해진 사람들의 생각과 감정을 흔들어놓기를 바랐다. 책을 펼쳐놓고 벌이는 대화와 사유와 토론의 시간이 출렁, 물결을 일으켜 깊고 긴 울림을 남기기를 바랐다. 그래서 우리 모두 고여 있지 않고 끊임없이 새로운 것을 상상하며 각자 삶의 서사를 엮어가기를 바랐다.

그러기 위해서는 책 읽기가 즐거움이 되어야 했다. 즐겁지 않은 일을 누가 일상으로 이어갈 수 있겠는가. 참으로 다행스럽게도 읽는 것만으로 즐겁고도 문화적인 여가가 될 수 있는 책들이 얼마든지 있었다. 책에는 하루아침에 천국과 지옥을 오가듯 우리를 웃기고 울리는 이야기들, '세상에 이런 일이!' 프로그램을 수백만 편이라도 엮을 수 있을 삶의 이야기들이 담겨 있으니 걱정할 일이 아니었다. 한 가지 조건, 인류의 절반쯤이 책 읽기의 즐거움에 빠져들 때 벌어질 엄청난 사태를 두려워하거나 몹시 질투하는 세력, 예컨대 시장^{market}이나 학교^{school}같은 세력의 방해만 없다면 말이다.

풀썩, 먼지가 피어오를 것처럼 말라버린 일상에 물결을 일으키는 도서관의 비밀, 도서관으로 자유를 꿈꾸게 되었던 이유는, 바로 책에 있었다.

도서관다운 도서관의 방식으로

"보다 나은 도시에 대한 꿈은 언제나 그 주민들의 머리 속에 있습니다."(자이메 레르네르)

— 박용남,《꿈의 도시 꾸리찌바》, 이후, 2000, 18쪽

말없이 말 걸기

도서관 벽을 둘러싼 서가에는 온 세상이 담겨 있다. 인류 역사를 엮어온 인간의 온갖 도전과 모색과 지적 활동의 결과물들, 지식과 정보와 데이터…. 하지만 가르치려 들지 않는다. 재촉하거나 윽박지르지도 않는다. 누구라도 스스로 손을 뻗어 책을 뽑아들고 펼쳐서 책 속에 담긴 메시지가 그에게 가닿을 때까지, 그가 살아가는 시간과 경험과 의식에 어떤 움직임을 일으킬 때까지, 묵묵히 말을 건넬 뿐이다.

우리가 도서관에서 배운 도서관의 방식을 따라 해보기로 했다. 말없이 말 걸기. 그런 엄두를 낼 수 있었던 것은 그동안 확인한 도서관의 가능성에 대한 믿음 덕이다. 책의 힘, 책 읽는 사람들의 힘, 그리고 공공성과 지적 자유라는 도서관의 철학이 가진 힘에 대한 신뢰. 그 든든한 조력자들(책, 책 읽는 사람들, 도서관의 철학)이 한껏 잠재력을 발휘하는 환경을 만드는 것이 도서관다운 도서관을 만드는 방법이라고 생각했다. 책이 말을 걸고, 공간이 말을 걸고, 책 읽는 사람들이 뿜어내는 기운 속에서 도서관의 철학이 말을 걸도록 도서관의 모든 것을 최적화하는 것!

Deschooling,
학교에 '매이는 것'에서 벗어나기

배움은 인간의 잠재력을 끌어올려 생명이 있는 고유한 존재로 성장해나가는 과정이다. 그런데 학교 방식의 교육이 사회적으로 절대적인 힘을 가지면서 배움을 누릴 수 있는 기회와 통로가 오히려 제한되어버렸다. 도서관조차 열린 평생학습의 장으로 보는 게 아니라 학교교육을 보조하는 기관쯤으로 여기는 사람이 많다.

도서관에서 만나는 학부모들의 태도에서도 이 사회가 교육과 배움의 전권을 학교에 부여하고 있다는 걸 확인할 수 있었다. 우리는 아이들이 학교의 방식이 아니라, 우연하고도 일상적인 기회를 통해 배우는 장면을 날마다 목격했다. 하지만 학력으로 인정되지 않으니 부모들은 아이들이 도서관에 오래 머무는 것을 마뜩잖게 여겼다. 빚을 져서라도 대학을 보내려 하고 아무리 가정형편이 어려워도 고등학교 졸업장은 있어야 한다는 생각에, 아이가 가출을 하면 출석일수가 모자랄까봐 학교를 찾아가 사정을 한다. 하지만 도서관에 보이는 태도는 달랐다. 심지어 '쓸데없이 아이에게 바람을 넣는다'는 원망을 듣기도 했다.

이반 일리히Ivan Illich가《학교 없는 사회Deschooling Society》(1971)에서 말한, 사회 전체가 '학교화'되어 있다는 것이 어떤 의미인지 알 것 같았다. 학교 자체의 문제를 해결하는 것만으로 교육을 변화시킬 수는 없을 것이라는 일리히의 지적에 공감하게 되었다.

일리히는 현대문명과 우상화된 제도에 비판적 인식을 일깨운 학자이자, 로마가톨릭 신부로서 뉴욕 빈민가에서 가난한 이들과 함께한 실천가다. 철학, 신학, 경제학, 역사학, 화학을 비롯한 과학기술까지 다양한 분야의 연구 업적을 남긴 그는 교육, 의료, 교통, 환경 문제에 천착해 통찰력 있는 성찰과 대안을 제시했다. 그는 학교가 교육의 장애물이 되고, 병원은 건강의 장애물, 교통수단은 이동의 장애물, 교회는 신앙의 장애물이 되었다고 진단하면서, 결국 근대화는 빈곤을 퇴치한 것이 아니라 빈곤을 '근대화'하여 극심한 양극화를 가져왔다고 보았다. 스스로 믿고 알고 고치고 걷고 말하는 고유한 능력을 잃어버린 채 모든 가치를 제도화시키고 제도에 의존하게 된 현실에서 다시 스스로 믿고 알고 고치고 걷고 말하는 능력을 회복해야 한다는 메시지였다.

일리히가 학교 자체를 부정한 것은 아니다. 인간이 사회에서 누리는 성공이 그가 '소비한' 학습량에 따라 좌우되면서, 배움이 더이상

인간의 고유한 활동이 아니라 생존에 필요한 '상품'으로 바뀌고 학교가 그 상품시장을 독점하게 된 현실을 지적했다. 그래서 '사회의 비학교화'가 오히려 학교교육에 이익이 될 것이라고 확언했다.

　왜곡된 배움의 가치를 어떻게 회복할 수 있을까? 입시정책이나 교수학습시스템을 수정하는 것이 아니라 사회 전체가 배움에 대한 근본적인 성찰을 통해 패러다임 자체를 바꿔야 할 것이라고 생각했다. 세상을 움직이는 힘에 끌려가는 것이 아니라 스스로 세상을 읽는 눈을 기르고 세상과 상호작용하며 나아가 세상을 변화시킬 수 있기를 바랐다. 누구든 그런 힘을 키워가려면 주어진 교과과정에 따라 세상에 '관해' 배우는 데만 매이지 않고, 자신이 발 딛고 있는 세상'으로부터' 삶을 배울 수 있어야 할 것이다.

　그런 문제의식과 고민에 도서관은 명쾌한 대안을 보여주었다. 도서관은 세상 모든 배움을 존중하고 북돋우는 '비형식적'인 배움의 공간이고, 도서관의 중요한 가치인 지적 자유는 배움에서 평생학습 이념의 핵심 원리인 다양성, 자발성, 일상성이 담보될 수 있는 토대였다. 틀에 매이지 않는 독서는 삶과 배움이 관계를 통해 이어질 수 있다는 가능성을 보여주었다.

우연과 사소함의 가치

도서관이 일상에 뭔가를 '불러일으키는' 힘은 자발성에 있었다. 가르치려고 드는 대신 책과 사람을 만나 스스로 배우는 힘을 믿고 존중하는 것, 평가나 경쟁 대신 지적 호기심으로 배움의 동기를 찾도록 북돋우는 것, 정해진 교과 과정이 아니라 일상적인 만남과 소통이 배움으로 이어지는 기회를 마련하는 것, 그것이 느티나무에 도서관이라는 이름을 달면서 우리가 하고 싶었던 역할이다.

자발성은 그야말로 도서관의 방식이었다. 도서관에는 온 세상을 담은 책들이 사방을 가득 채우고 있지만, 그저 누군가 골라서 펼치고 읽을 때까지 자리를 지킬 뿐이다. 강의계획에 따라 읽어야 하는 교재처럼 순서가 정해져 있지도 않고, 필독목록이 정해져 있지도 않다. 학년에 따라 단계를 나누고 시험을 보는 교과서가 아니니 어떤 책을 읽어도 좋고 읽다가 말 수도, 읽지 않을 수도 있다.

읽고 나서 반드시 얻어야 할 것이 과제로 주어지지도 않는다. 학력, 나이, 가치관, 어떤 기준으로도 차별을 두거나 평가하지 않기 때문에 100명이면 100가지로 다르게 받아들일 수 있다. 대신, 전공도 하는 일도 관심사도 다른 다양한 사람들이 오가며 만나고 어울릴 수 있으니 뜻밖의 배움과 소통의 기회가 곳곳에 숨어 있다. 그 기회들이 서로 맞물려 다양한 형태의 '배움 공동체'가 만들어질 가능성도 넘쳐난다.

　공공도서관선언이나 도서관인윤리선언은 도서관의 역할과 사명이 자료를 수집하고 보존하는 데만 그치는 것이 아니라, 누구도 소외되지 않도록 정보접근의 평등권을 보장하고 공식 · 비공식의 평생학습을 지원하여 정보와 배움의 기회를 적극적으로 제공할 책임을 갖는다고 밝히고 있다. 평생학습사회의 이념은 자발성, 공동체성, 일상성을 강조하는 비형식적인 학습을 일상적으로 실현하여 배움의 패러다임을 바꾸는 것이다.

　도서관은 단지 배움의 기회를 확장하는 곳일 뿐 아니라 배움의 방식과 내용도 학교와는 달랐다. 가르치는 사람과 배우는 사람이 따로 있지 않아, 스스로 질문을 던지고 다양한 자료를 찾아 자율적인 학습을 이어간다. 정해진 시간표에 따라 정해진 교실에서 교수학습계획에 따라 배우는 것이 아니라 사소해 보일 만큼 일상적이고 우연한 만남 속에서 배움이 이뤄진다. 스스로 배우고 서로에게 배우며 얼마든지 다양한 배움 공동체를 꾸릴 수 있다. 집단지성collective intelligence의 시대에 중요한 의미를 갖는 조건이다.

그러고 보면 도서관은 평생토록 배움을 이어가는 데 필요한 자료와 함께 배움의 자발성, 일상성, 상호성까지 갖추고 있는, 그 자체로 '이미' 평생학습사회의 인프라였다. 우리가 도서관에서 만난 첫 번째 희망은 배움의 패러다임을 바꿀 수 있겠다는 예감이었다.

자발성은 시간이 지나면서 점점 가치를 드러냈다. 교실도 없고 교과서도 시간표도 시험도 없지만 아니, 없기 때문에 언제든 무엇이든 깊고 풍성하고 즐겁게 배울 수 있다는 걸 책을 빌리는 카운터에서, 책을 읽어주는 자리에서, 독서회모임에서 하루하루 체험하고 있다.

가르치지 않아도 배울 수 있는 게 아니라 가르치지 '않아서' 자발적인 배움이 가능했다는 걸 이젠 분명히 안다. 이 점에 대해서는 연세대학교 조한혜정 교수에게 두고두고 고마운 마음이다. 6, 7년 전쯤 ㈜미래포럼에서 개최한 정기포럼에서 느티나무도서관 사례발표를 했을 때 토론을 맡았던 조한 선생의 첫마디는 이렇게 시작했다. "가르치지 않아도 큰 배움터가 된 게 아닐걸요. 가르치지 않았기 때문에 가능했을 겁니다."

칸막이, 공공도서관의 난센스

그런데 도서관이라고 하면 여전히 많은 사람이 수험생 공부방을 떠올린다. 실제로 많은 도서관에서 흔히 '일반열람실'이라고 부르는 공간은 책 대신 칸막이 달린 책상으로 채워져 있다. 몇 해 전까지만 해도 학생용과 일반용, 심지어 남녀 구분까지 해서 이용대상이 나뉘어 있기도 했다. 실을 나누다 보니 '출입문'과 통로가 필요해져 전체 면적에서 복도나 로비의 비중이 커지는 문제도 있었다. 입구에 들어서면서부터 서가로 둘러싸인 열람실이 사람들을 맞이하면 좋을 텐데, 참으로 아까운 일이다.

칸막이는 '소통을 단절하겠다'는 강한 의지의 표현이라고 볼 수 있다. 도서관이 책과 사람을 만나 함께 배우고 소통하는 곳이라면서 칸막이를 세워두다니 앞뒤가 맞지 않는다. 도서관에서 만나는 최고의 난센스다. 옆 사람과 칸막이를 사이에 두고 앉은 사람들은 주로 입시, 취업, 자격증을 위한 '시험공부'를 한다. 공공도서관이 그런 서비스까지 해야 할지, 사서들은 수없이 회의에 빠지게 되지만 쉽게 단정할 수 없는 문제다. 실제로 도서관에서 발생하는 민원의 1순위도 독서실에 관련된 내용이다. 좌석수를 늘리라는 요구부터 좌석 자동 예약시스템을 도입하라는 요구, 구내식당 메뉴에 대한 불만까지! 이른 아침부터 늦은 밤까지 앉아서 공부하는 사람들 눈에는 불편하고 개선해야 할 사항이 얼마나 많겠는가.

칸막이가 난센스인 이유는 또 있다. 도서관에는 해마다 발행되는 수많은 책 가운데 도서관의 장서로 구비할 책을 고르고, 찾아보기 쉽게 분류해 정리하고, 정보를 제공할 사서가 필요하다. 그런데 그 몫을 하도록 교육받고 자격증을 얻은 사서들이 칸막이에 붙은 좌석번호를 지정해주는 문지기 역할을 하고 있는 셈이다.

가장 결정적인 문제는 '책이 없다'는 사실이다. 칸막이 책상을 이용하는 사람들은 대부분 수험서인 자신의 책을 가져오고 도서관에는 개인의 공간으로 보장받을 수 있는 좌석만 요구한다. 책이 없는 열람실에 대한 문제의식으로 최근에는 여러 도서관이 '일반열람실'에도 서가를 배치하고 책을 꽂아두는 시도를 했지만, 번번이 민원거리가 되었다. 책을 고르느라 오가는 사람들의 움직임과 소음이 공부에 방해가 된다는 것이다. 경쟁으로 숨이 막히는 공기 속에는, 눈이 번쩍 뜨이는 책을 만나는 기쁨도, 책 읽기에 빠져드는 즐거움도 끼어들 틈이 없다.

새벽부터 밤늦게까지 문 여는 시간을 늘리라거나 심지어 24시간 운영해달라고 요구하는 독서실 이용자들은 도서관을 책을 빌리고 정보를 서비스 받는 곳으로 여기지 않는다. 책상이 훨씬 많고 심지어 훨씬 조용하기까지 한 학교에는 방과 후나 주말에 독서실로 쓸 수 있게 개방해달라고 요구하지 않는다. 학교는 정해진 교과과정에 따라 수업을 하는 곳이니까. 질병이 생겨 의료서비스를 받아야 할 때가 아니라면 침상이 있다고 해서 병원을 이용하는 사람은 없다. 그런데 왜 책을 모아서 그 책을 제공하기 위해 세워진 도서관에 와서는 책을 읽고 나누는 데 쓰려고 마련한 공간을 시험공부용 독서실로 쓸 수 있다고 여기는 걸까.

'독서실'이라는 이름도 문제다. '한국표준산업분류'에서 도서관과 독서실은 같은 분류코드로 묶여 있다. 도서관 및 기록보존소와 독서실 운영이 해당하는 산업분류는 모두 '예술, 스포츠 및 여가 관련 서비스업'이다. 둘 다 칸막이 달린 책상이 있는 공간인데 도서관은 무료, 독서실은 유료라고 구분하는 정도가 도서관을 바라보는 사회의 인식인 것 같아 씁쓸하다. 책을 읽는 곳이 아니라 수험서로 시험공부를 하는 곳이니 따지고 보면 독서실이라는 이름이 꼭 어울리는 건 아니다. 독서실 운영자들에겐 엉뚱한 소리로 들릴 수 있지만, 공부방이나 자율학습실이라고 부르는 게 어쩌면 홍보에 더 효과적일 수 있지 않을까. 따지고 들거나 탓하려는 게 아니라 도서관을 도서관으로 이용해서 얻을 수 있는 효용을 놓치는 데 대한 안타까움이고, 도서관이 지닌 가치를 잘 알리는 것이 여전히 숙제로 남아 있다는 각성이다.

도서관은 학교도 아니고 경쟁에서 살아남기 위해 시험공부를 하는 독서실도 아니다. 책을 보존하기 위해 꽂아두는 창고도 아니다. 누구에게나 활짝 열린 지역사회의 정보문화공간이고, 책을 함께 읽으며 소통하고 토론하는 역동적인 공론의 장이다. 그런 도서관의 특징을 잘 살려야 도서관의 역할을 제대로 할 수 있다.

사람과 책이 만날 기회를 풍성하게 만들기 위해서는 다양한 주제와 형태의 책을 잘 살펴서 어디에 어떻게 꽂을지 궁리해야 한다. 묻혀버리기 쉬운 책들을 골라 잘 보이게 전시도 해야 한다. 같은 책이라도 꽂는 위치를 바꾸거나 표지가 보이게 꽂아두는 것만으로 이용률이 확 달라진다. 하지만 아직 그런 역할에 집중하기에는 장애물이 너무 많아 보인다.

걸음마를 시작하면서부터 멀고 긴 입시와 취업의 대열에 접어드는 현실에서 도서관까지 경쟁과 평가에 점령당해버리는 건 아깝고 아까운 일이다. 제발, 도서관 본연의 역할을 잃어버리는 일이 더이상 반복되지 않기를 바란다. 그러기 위해서는 도서관에 대한 인식이 달라져야 할 것이고, 인식의 변화를 가져오는 가장 좋은 방법은 도서관을 '제대로' 체험하는 것이 아닐까 생각한다. 도서관에서 감동받을 기회를 갖지 못했다면, 도서관에 대한 관심과 기대도 갖기 어려운 게 당연하다.

안타깝게도 한국 사회에서는 도서관을 가까이에서 찾아보는 것조차 어려운 현실이었다. 다행히 갈수록 도서관에 대한 사회적 관심이 늘고 있다. 지난 10년 사이 도서관을 건립하는 움직임도 활발해서, 느티나무가 문을 연 2000년 초 400곳이었던 전국 공공도서관이 2013년 6월 현재 833곳까지 늘어났다. 문화관광부에서 2008년에 발표한 도서관발전종합5개년계획의 목표인 900개 관을 곧 달성할 것 같다. 인구 5만 명당 1곳 수준으로 늘어나는 셈이다.

도서관 숫자가 늘어나면 그만큼 인식이 달라질 가능성도 높아진다. 그동안 경험한 바에 따르면, 도서관을 직접 체험하는 것이 도서관에 대한 관심과 기대가 생기는 가장 확실한 방법으로 보이기 때문이다. 그걸 반영하듯, 이제는 이사 갈 집을 고를 때 가까이에 도서관이 있는지를 따져본다는 이야기도 종종 듣는다. 겨우 14년 만에 이런 변화는 격세지감을 느끼게 한다.

희망을 보지만, 여전히 숙제가 더 많아 보인다. 도서관에 들어서면 숨이 턱 막히는 것 같아 도서관에 가지 않는다는 사람도 있고, 온라인 헌책방도 많아져서 그냥 사서 보는 게 편하다는 이야기도 듣는다. 어린아이를 데리고 다니는 사람들은 아이들 출입을 제한하는 건 아닌데도 무슨 잘못을 저지른 것처럼 움츠러들어 필요한 책만 골라 서둘러 빠져나오거나 아예 혼자 가서 읽어줄 책을 빌려온다는 사람도 있다.

어떻게 하면 도서관이 간직한 보물들을 사람들이 알게 할까. 답답하게 들릴 수 있지만 같은 답을 반복할 수밖에 없을 것 같다. 단 한 번이라도 도서관서비스에서 감동받을 기회를 꾸준히 만들어가는 것, 그리고 도서관에 들어서는 길목부터 찾아오는 사람들을 환대하고 지적 호기심과 상상력을 자극하고 북돋을 방법을 끊임없이 찾고 실천하는 것 말이다.

독서회, 함께 읽기의 진수

도서관에서 상상력과 실천을 꿈꿀 수 있는 이유는 책과 사람이 만나고 대화하고 어울리는 공간이기 때문이다. 함께한다는 말은 용기를 떠올리게 한다. 이는 책을 읽으며 상상하는 삶을 일상 속에서 실천할 가능성이 커진다고 바꿔 말할 수 있다.

사방에 책이 가득 꽂힌 도서관은 움베르토 에코의 소설《장미의 이름》에서 그려지는 것처럼 서가로 둘러싸인 '미로'가 될 수도 있고, 웹2.0시대에 거미줄web처럼 다양한 소통과 연대의 줄기를 뻗어나가는 네트워킹의 통로가 될 수도 있다.

책을 펼치고 둘러앉아 토론하는 사람들 속에서 책은 더이상 잉크 냄새만 나는 종이뭉치가 아니다. 책을 매개로 서로에게 배우고 함께 성장해나가는 풍경에서, 자신의 시장가치를 높이기 위한 경쟁에서 벗어나 함께 배우는 지혜와 삶과 분리되지 않은 배움의 가능성을 본다.

도서관의 독서회는 삶터에서 만남이 이어지기 때문에 책 읽기와 토론이 일상 속에 스며든다. 책 읽기가 한두 번 이벤트로 그치지 않으니 얼마든지 깊이와 향을 더하며 숙성될 수 있다. 독서회 활동이 활발해지면서 도서관에 꽂혀 있는 책마다 한권 한권 떠오르는 얼굴들이 생겼다. 청소년독서회 멤버들이 또래가 읽을 책들을 골라 '청소년' 스티커를 붙이기 시작하면서, 누가 이걸 붙였을까 떠올려보는 큰 즐거움이 생겼다. 독서회 멤버들이 낭독회에서 읽어준 책들은 말

할 나위 없다. 느티나무도서관의 모든 행사에서는 낭독회가 빠지지 않는다. 포대기로 아기를 업고 선 채 독서회에서 함께 읽은 책을 들고 나와 읽어주는 사람도 있고, 할 말은 많은데 입도 귀도 닫아버렸던 청소년들이 자신들을 대변해주는 소설의 한 구절을 읽어주면서 자못 진지하게 앞으로 살아갈 세상에 대한 고민을 이야기한다.

느티나무도서관엔 독서회에서 읽은 책들을 따로 모아두는 코너가 있다. 다른 이용자들이 책을 고르는 데 길잡이 역할을 할 뿐 아니라, 독서회원들에게 꾸준히 활동을 이어가도록 응원하는 조력자 역할을 톡톡히 한다. 책과 함께 일상을 나누는 사람들이 서로 힘이 되는 것은 말할 나위도 없다. 독서회는 책을 읽고 토론하며, 거기서 얻은 영감으로 더 나은 삶을 상상하고 일상의 삶으로 살아내는 첫걸음이다. 동네마다 도서관이 생기고 도서관마다 독서회가 꾸려진다면 성찰하는 사회, 차이와 다양성을 존중하는 세상으로 한 걸음 다가갈 수 있지 않을까. 독서회는 도서관의 엔진이라는 말을 입에 달고 지냈는데, 이렇게 바꿔 말해도 좋을 것 같다. '독서회는 지역사회의 엔진'이라고.

도서관, 공론장 public sphere

도서관은 더 나은 삶을 꿈꾸며 실천하는 여러 단체들과 만나는 통로이기도 하다. 도서관의 서가에 반드시 출판사에서 펴낸 단행본만 꽂혀야 하는 것은 아니다. 도서관이 지역의 정보문화센터로 역할을 하기 위해서는 지역의 다양한 자료와 정보를 수집하고 제공해야 한다. 중요하지만 어려운 과제다.

느티나무도서관이 자리 잡고 있는 경기도 용인시에는 도서관을 운영해온 15년 동안 많은 시민단체들이 생겨났다. 난개발을 둘러싼 환경문제, 교육문제, 이주민과 장애인의 인권문제, 청소년문제 등 다양한 의제를 놓고 고민하며 크고 작은 일들을 시도해왔다.

각 단체에서 주최하는 행사가 열릴 때마다 좀더 많은 주민들이 함께하지 못한다는 사실이 참으로 안타까웠다. 인터넷과 SNS를 통해 단체들의 소식을 접할 수 있지만, 관심을 갖고 찾아보는 사람은 많지 않다. 시민 없는 시민단체의 한계를 벗어나려고 애쓰지만, 현수막을 거는 정도로 참가자를 모으는 데는 한계가 있다.

느티나무도서관에서는 지역단체들의 자료를 모으기 시작했다. 단체홍보물, 공청회나 세미나자료집, 설문지, 성명서, 조례안까지 누구나 열람할 수 있도록 모아두었다. 그러느라 사서들에게 어디서 이렇

게 레이블을 붙이기도 애매하고 서가에 꽂아두기도 힘든, 도서관의
'표준'에서 벗어난 자료들을 자꾸 가져오느냐고 타박을 받기도 했
다. 그래도 그 덕에 대형문구점에 신상품으로 등장하는 온갖 종류의
파일을 섭렵하는 성과도 누렸다.

　도서관 한쪽 벽은 마을게시판으로 꾸몄다. 다양한 행사 포스터, 회원
모집공고 같은 홍보물들이 벽을 가득 채우고 있다. 도서관에서 새로 살
책을 고르는 일에도 단체 활동가들의 힘을 빌렸다. 환경, 장애인 인권,
청소년문제 등 각 단체의 활동 주제별로 최근의 이슈와 연구동향, 출판
동향을 고려해 추천할 책 목록을 작성해달라고 요청했다.

　지역행사에도 함께한다. 행사장에 부스를 설치해 책을 전시하고
그 행사의 주제로 소통할 수 있는 자리를 마련한다. 강좌나 공동체영
화상영 등을 공동으로 기획하기도 한다. 단체에서 강사나 감독을 섭
외하고 관련 자료를 제공하면 도서관은 공간을 제공하고 이용자들
에게 행사를 홍보한다. 행사를 전후하여 도서관에 관련 주제의 자료
들을 전시해 참가하지 못한 사람들도 볼 수 있게 한다. 모든 행사의
과정과 결과물은 다시 도서관의 장서로 서가에 꽂힌다.

　자료를 수집하려면 다양한 주체와 네트워킹 해야 한다. 한국의 도
서관 현실과는 너무 거리가 먼 이야기로 들릴 수 있다. 하지만 지난

경험을 돌아볼 때, 시작이 중요하더라는 말을 꼭 하고 싶다. 자료가
오가는 길로 사람도 오가게 되었다. 기대하지 않았던 만남과 소통의
기회들이 생겼다. 자료를 수집하는 과정이 교류협력의 길을 트는 과
정이 된 것이다. 도서관은 지역의 정보센터일 뿐 아니라, 지역에 시
민단체들이 뿌리내리도록 힘이 되는 커뮤니티공간이다.

세계적으로 이름난 대안도시 브라질 꾸리찌바의 전 시장 자이메
레르네르는《꿈의 도시 꾸리찌바》(박용남, 이후, 2000)에서 "보다 나은
도시에 대한 꿈은 언제나 그 주민들의 머리 속에 있습니다"라고 했
다. 그렇다면 그 꿈을 펼쳐서 이야기 나눌 공론장을 마련하면 될 일
이다. 더 나은 세상을 꿈꾸기 위해 먼저 도서관이라는 사회적 장치를
고려해야 할 이유다.

세계도서관협회연맹IFLA, International Federation of Library Association and Institu-
tions에서 작성한 공공도서관서비스 가이드라인은 공공도서관의 목
적과 사회적 역할을 이렇게 설명한다.

> 공공도서관은 공공장소나 만남의 장소로서 중요한 역할을 한다. 이것은
> 사람들이 만날 만한 장소가 없는 지역사회에서 특히 중요하다. 공공도서
> 관은 때로 '지역사회의 사랑방'(drawing room of the community)으로

불린다. 연구, 교육, 여가를 위한 도서관 이용은 사람들로 하여금 지역사회의 구성원들과 비공식 접촉을 갖게 하며 긍정적인 사회 경험을 제공한다.
— C. Koontz & B. Gubbin 편, 《IFLA 공공도서관서비스 가이드라인》, 한국도서관협회, 2011, 10~11쪽

지역사회에서 비공식적인 접촉으로 긍정적인 사회경험을 갖는 만남의 장소라니, 그렇다면 어떻게 도서관이 조용할 수 있단 말인가?

고요하지 않은데 고요하다?

　　　　　　　　　　도서관의 정의를 다룬 어떤 책에서도 도서관을 숨죽인 독서실로 묘사한 내용은 찾아볼 수 없다. 그런데 왜 많은 사람들이 도서관이라고 하면 '정숙'이라는 낱말을 떠올리는 걸까? 원래 도서관이 그렇게 조용한 곳이었나?

지난해 여름, 가까운 고등학교의 인문학독서동아리에서 견학을 다녀간 뒤 학생들이 남긴 후기에서 한 줄이 눈에 들어왔다. "느티나무에서는 고요하지 않아도 고요할 수 있다는 걸 느끼게 된다." 무슨 뜻일까, 서둘러 다음 줄을 읽어 내려갔다.

> 도서관에서는 조용해야 된다는 편견이 있었는데 느티나무의 조용하지 않은 공기는 신선하고 편안하다. 어떤 도서관에서도 여기서 평생 책만 읽고 싶다는 생각이 들게 한 적이 없는데 느티나무도서관은 그렇다.

단박에 알아차릴 수 있었다. 내가 날마다 도서관에서 만나는 바로 그 장면을 아이도 본 것이 틀림없다.

'몰입!'

도서관을 운영하면서 누리는 가장 큰 호사는 날마다 책과 사람이 어우러진 풍경을 만나는 일이다. 책에 몰입한 사람들에게서 전해지는 기운에는 특별한 감동이 있다. 사람과 책의 만남이 빚어내는 화학작용은 커다란 발전소 하나를 돌리고도 남을 정도가 아닐까 싶다.

숨을 멈추게 하는 건 마찬가지지만, 책 읽는 즐거움에 빠진 이들의 몰입과 살아남기 위한 경쟁이 빚어내는 긴장, 실패를 거듭하면서 불안이 턱까지 차오른 이들의 숨죽인 정적 사이에는 틀림없이 다른 기운이 있다. 즐거움과 고단함, 자긍심과 자책감, 살아가는 의미와 세상을 향해 꿈꾸는 것과 세상으로부터 살아남아야 한다는 피해의

식…. 불안과 두려움으로 얼어붙은 사람은 자꾸 곁눈질을 하고 기웃거리기 마련이다. 본래 관심이 지적 호기심에 있는 것이 아니라 평가에 있기 때문이다. 어쩌면 도서관 '일반열람실'의 책상마다 칸막이를 세우는 것도 그 때문일지 모른다.

도서관의 무엇이 그런 몰입을 가능하게 만드는 걸까. 고요하지 않은데 고요하다고 말한 소녀와 함께 방문했던 학생들의 메모에서 그 이유를 한 자락 엿볼 수 있었다.

> … 책 읽다 스르르 졸기도 좋은 정말 편안한 곳이었다. 어린이도서관인 줄 알았는데 그동안 보고 싶었던 책들이 정말 많이 있어서 뭐부터 읽어야 할지 고민을 정말 많이 했다. 한 가지 아쉬운 점은 이 도서관에서 책 읽을 시간이 너무 부족했다는 점이다. … 내가 간 도서관 중에 가장 문학적인 분위기가 많이 나는 곳 같다. … 이곳은 일반도서관과 다른 점이 많다. 우선 도난방지시스템이 없다는 것이다. 오히려 책을 잘 잃어버리는 도서관을 지향한다고 한다. … 청소년이 청소년들에게 추천하는 스티커가 책에 붙여져 있어 책을 고를 때 나에게 도움이 되는 책을 보다 잘 찾을 수 있었던 것 같다.

책이 다가와 말을 거는 도서관

책이 다가와 말을 건다? 마법 이야기를 하려는 건 아니다. 우리 도서관만의 비법 같은 게 있는 것도 아니다. 실현 가능하고 일상적인 이야기다. 게다가 한 번도 본 적 없는 옛사람의 기록에서도 같은 경험을 발견하게 되는 걸 보면 아주 오랫동안 입증되어온 이야기이기도 하다.

저자를 꼭 만나보고 싶게 만드는 책이 있다. 어떤 삶을 살았을지 손을 만져보고 싶을 때도 있고, 어쩜 이렇게 내 생각을 기가 막히게 옮겨놓았냐고 마주앉아 하염없이 이야기를 나누고 싶어지기도 한다. 이덕무 선생과 그의 벗들 이야기를 담아낸 안소영의《책만 보는 바보》(보림, 2005)도 그랬다.

책을 막 펼쳐 몇 장을 넘기는데 가슴에 쿵 하고 울림이 일었다. 200여 년 전에 남긴 글에서 마치 내 마음을 옮겨놓은 듯한 구절을 만나다니.

이 방의 문고리를 잡을 때마다 나는 늘 가슴이 두근거린다. 방에 들어서는 순간 등을 보이며 가지런히 꽂혀 있는 책들이 모두 한꺼번에 나를 향해 눈길을 돌리는 것만 같다. 눈과 눈이 마주치는, 책 속에 담긴 누군가의 마음과 내 마음이 마주치는 설렘. … 보풀이 인 낡은 책장들은 내 손길을 기다리고 있는 듯하다. 아니, 스스로 나에게 다가오기도 한다. 내 손이 그 책들을 뽑아드는 것이 아니라, 방문을 여는 순간 내 얼굴빛과 표정으로 마음을 미루어 짐작한 책들이 스스로 몸을 움직여 다가오는 것만 같다.

아침에 도서관 문을 열고 들어설 때나 늦은 밤 고요한 서가들을 뒤로 하고 도서관을 나설 때면 몸과 마음을 온통 사로잡는 그 느낌을 오래전의 이 가난한 선비도 느꼈다는 말인가. 세상에! 당장 종로 어디쯤에 있었다던 그의 집터라도 찾아가 그와 그의 책들, 그리고 벗들이 만들어준 서재가 있었을 자리에 서보고 싶어졌다.

도서관에서는 끊임없이 새 책을 구입하고 날마다 이용자들이 찾아와 그중에 어떤 책을 뽑아서 빌려가고 또 되돌아온 책들을 다시 꽂아놓는다. 벽을 둘러싸고 늘어서 있는 서가는 그래서 늘 같은 자리에 그대로 있는 것 같지만, 숨을 쉬고 표정이 바뀐다. 도서관 문을 닫고 나서는 길에 가지런히 정리된 서가 앞을 천천히 거닐어보면 눈에 익은 책들 사이에서 꼭 그날 유난히 눈에 들어오는 책이 있다. 같은 책이 여러 번 말을 걸 때도 있고, 이 책이 여기 있었군, 하고 새삼 두근거림을 일으킬 때도 있다. 그때마다 생각했다. '도서관에 들어서는 사람들 누구나 이런 짜릿한 순간을 누릴 수 있다면! 그래서 저절로 숨을 멈추게 될 만큼 책 읽기에 빠지는 즐거움을 누구나 누릴 수 있다면!' 그럴 수 있도록, 사람이 책을 고르는 것이 아니라 '책이 먼저 말을 걸고 다가가는 도서관'으로 만들고 싶었다.

도서관 서가에 꽂힌 책들이 한권 한권 자신을 잘 드러낼 수 있게 할 수 있는 일은 생각보다 많았다. 먼저 공들여 고른 책들을 찾아보기 쉽게 잘 정리해서 가지런히 꽂아두는 것!

머리를 맞대고 공들여 책을 고르고 어디에 꽂을까 궁리해 분류기호를 정하고 서가의 위치를 이리저리 옮기기도 했다. 복잡한 청구기호를 알지 못하는 사람도 쉬 알아볼 수 있는 라벨도 만들었다. 15년 동안 도서관의 모든 책에 라벨을 다시 붙이기를 열 번쯤 반복했다. 책 표지가 보이도록 꽂는 페이스아웃face-out 방식은 특히 효과가 컸다. 서가 중간 중간에 페이스아웃 하여 꽂아두기만 해도 빌려가는 횟수가 늘어난다. 오래전부터 도서관에 꽂혀 있던 책인데 새삼 눈에 띈 책을 뽑아들고 '이런 책도 있었냐'고 하는 이용자를 만나면 선물을 받은 것처럼 반가웠다.

도서관에 필요한 책을 찾으러 오는 사람과 별다른 생각 없이 서가를 둘러보다가 '바로 그 책'을 만나게 되는 사람의 비율을 따져본다면 어떤 결과가 나올까? 아마 도서관마다 다르고 지역에 따라 시기에 따라 대상에 따라 달라서 일반적으로 말하기는 어려울 것이다.

도서관을 찾은 사람들을 서가에 꽂힌 책으로 이끌어줄, 친절하고 눈 밝고 귀 기울여 들을 줄 아는 안내자의 역할도 컸다. 얼마나 적극적으로 정보를 제공하고 소개하느냐에 따라서 도서관의 수많은 자료가 이용자의 손에 닿을 확률이 달라졌다. 그래서 우리는 책을 주고받는 카운터테이블을 시끄럽게 만들려고 했다. 카운터테이블의 유익한 수다에는 인터넷이나 서평지에서 만나는 책 정보와는 다른 차원의 정보가 담긴다. 책이 만들어진 취지와 배경, 기획자와 작가에 대한 정보 등, 도서관에서 한 권의 책이 서가에 꽂히게 되기까지 담당한 사서에게 입력되는 수많은 정보만이 아니라, 그 책을 골라서 구입하게 된 과정과 그 책을 읽고 빌려가는 사람들의 반응까지 포함한 정보를 실시간으로 현장에서 전달하는 것은 영화 DVD에 메이킹 필름, 티저 영상, 예고편에 시사회까지 모두 더한 것처럼 효과를 발휘했다.

이야기를 듣는 이용자만이 아니라 사서들의 전문성을 키우는 효과도 있었다. 누군가에게 자신의 언어로 설명해줄 때만큼 효과적으로 학습하고 오래도록 기억하는 데 좋은 방법이 또 있을까. 책에 대한 정보를 전달하면서 듣게 되는 이용자의 반응은 도서관에서 새로 구입할 책을 고르는 데 아주 중요한 기초자료가 되었다. 책을 어떻게 분류해서 어떻게 꽂아둘지를 정하는 데도 그렇고, 다른 사람들에게 책을 소개하고 권하는 과정에도 톡톡히 한몫했다.

한 가지 분명한 것은 어린아이일수록, 읽고 싶은 책에 대한 정보를 미리 가져오는 경우보다 우연히 눈에 띄고 손에 잡히는 책을 만나는 경우가 더 많을 것이라는 사실이다. 그래서 '책과 사람을 이어주는 사람', 사서의 몫이 더 크고 중요했다.

책들이 말을 걸기를 바라는 마음이 전해진 걸까. 지난해 광주에서 견학을 온 한 여고생이 "도서관이 숨을 쉬는 것 같다"고 했다. 발갛게 상기된 얼굴로 눈물까지 그렁거리는 걸 보고 당황스러운 기색을 보이자, 본인도 참 이상하다며 무엇 때문인지 가슴이 벅차서 자기도 모르게 눈물이 난다고 했다. 평소 어린애들 떠드는 소리나 아기 울음소리를 몹시 싫어하는데 이 도서관에서는 아이들 재잘대는 소리가 몸에 딱 맞는 자연의 리듬처럼 들린다고 했다.

책이 말을 걸고 다가가길 바라는 이유는 누구든 스스로 책을 만나
는 순간을 놓치게 만들고 싶지 않기 때문이다. 자발적인 동기 없이
몰입은 기대하기 어렵다. 그래서 우리는 한 가지 원칙을 정했다. 앞
서서 가르치거나 재촉하며 끌어가려고 하지 않을 것! 다만 시간이
얼마가 걸리든 스스로 이유를 찾고 힘을 기를 수 있는 기회와 장을
열어가려고 했다.

익명성의 미덕과 '아무것도 하지 않을' 권리

도서관이 지닌 미덕을 하
나만 꼽는다면 단연코 '북돋움'이다. 북돋운다는 말은 가르침, 자선,
치유와 다르다. 내가 원하는 대로 깎고 다듬거나 그저 결핍을 채우기
만 하는 것이 아니다. 고지가 바로 저기니 힘을 내라고 채근하거나,
다 괜찮을 거라고 위로하는 것과도 다르다.

사실 도서관에서는 그 모두를 누릴 수 있다. 정신이 번쩍 들게 만
드는 깨달음, 한없는 위로, 세상이 곧 달라질 것 같은 판타지도 만난
다. 그런데 그 모든 것이 그저 말없이 책꽂이에 꽂혀 있다. 손을 뻗어

책을 펼쳐서 그 안에 담긴 메시지가 읽는 이의 머리와 가슴에 불을 켤 때까지 담담하게 말을 건넬 뿐이다. 이 책들을 읽지 않으면 뒤처질 거라고 으름장을 놓거나 서둘러 가르치려고 들지 않는다. 그 이유는 심장에 풀무질을 하듯 꿈을 꾸게 되는 순간을 존중하기 위해서다. 누구나 자신의 눈으로 세상을 읽고 삶의 주체가 되길 바라면서. 게다가 책은 늘 그 자리를 지키고 있다. 마침내 독자를 만나 왕성한 화학작용을 일으킨 뒤에도, 언제나 다시 첫 페이지를 펼칠 수 있도록 제자리에 머문다. 물론 독자에게 그 책은 이미 과거의 종이뭉치와는 다른 의미를 갖는 존재가 되었지만, 책은 그대로 또다른 독자와의 만남을 허용한다. 날마다 같은 서가를 몇 번씩 지나치는 도서관에서 나는 문득 그 너그러움에 경건함을 느끼곤 한다.

존중이란 오롯이 상대방의 공간을 인정하고 침범하지 않는 것이다. 그가 불안해하거나 고통스러워할지라도 그 시간을 통해 내면의 자신을 만나고 그 안에 잠자고 있던 삶을 흔들어 깨울 순간을 기다린다.

청소년들에게 가장 심각한 난치병은 틀림없이, 무기력증일 것이다. 뭘 하고 싶으냐고 물어도 묵묵부답, 기껏 답을 해도 "몰라요" 한마디가 전부다. 차라리 악을 쓰고 반항하거나 울기라도 하면 좋겠다는 생각이 든다. 청소년만이 아니다. 취업난에 시달리는 청년들, 아이를 낳지 않겠다는 젊은 부부들, 자살하는 노인들의 이야기 속에서 패배감과 무력감, 두려움을 만난다. 그런 현실에서 '하고 싶은' 게 생긴다는 말을 듣게 되다니, 이런 걸 기적이라고 해야 하지 않을까.

대체 무엇이 도서관을 찾아오고 싶고 머물고 싶은 공간으로 만드는 걸까. 도서관을 참새 방앗간처럼 드나드는 청소년들에게 왜 도서관에 오느냐고 물어도 대체로 대답은 "그냥요"다. 아무 계획이나 생각 없이 오는데 와서 있다 보면 꼭 재미있는 일이 생기더라고 했다. 누구를 만나거나, 아니면 말 그대로 그냥 느긋하게 앉아 있다 가도 좋다고 했다. '해야 할 일'이 너무 많은 아이들에게는 '아무것도 하지 않을 수 있는' 권리와 자유가 필요한지도 모른다.

단지 청소년들만의 이야기는 아닐 것 같다. 인생을 살아가면서 생애주기마다 성취해야 할 과업에 책이 어떤 식으로 도움이 된다고 딱 잘라 말하기 어렵다. 성적이나 돈벌이를 보장할 수 없기 때문이다. 그런데 바로 그 지점에서, 도서관에 머물고 싶어지는 이유를 만난다. 생존에 대한 불안에서 한 걸음 벗어나 '삶'을 생각하기 위해서는 집이나 일터가 아닌 어딘가에, 경쟁과 살아남기에서 벗어나 스스로 사유할 수 있는 제3의 시간, 제3의 공간이 필요한 것 아닐까. 도서관에 오는 사람들 모두 언제나 책을 보러 오는 건 아니다. 수다를 떨러 오

기도 하고 약속장소로 이용하기도 한다. 영화를 보기도 하고 작은 음
악회도 열고 도서관에서 하룻밤을 지내는 행사도 연다.

　이제 지역사회에서 어떤 자격요건이나 차별 없이 다양한 사람이
모이고 어울릴 수 있는 공간을 찾아보기는 어렵다. 게다가 홍수처럼
쏟아지는 정보자원 속에서 자신에게 필요한 좋은 정보를 찾고 이해
하고 활용하는 데는 갈수록 다양한 통로의 지원이 필요할 것 같다.
필요한 정보가 바로바로 책으로 발간되는 것도 아니다.

　참으로 묘한 것이, 도서관이라는 공간 안에서 만나는 사람들은 언
제든 경계를 허물고 소통할 수 있는 관계라는 느낌을 준다고 한다.
적당한 신뢰와 친밀감? 정확하게 표현할 말을 찾기는 어렵지만, 많
은 사람이 공유하는 느낌이다. 그렇다면 도서관은 책만이 아니라 사
람들이 만나 정보와 배움을 나누고 소통하는 공간으로 점점 더 의미
를 갖지 않을까 기대한다.

　제3의 공간을 바라는 이유가 친밀함과 소통에 대한 기대 때문만은
아니다. 오히려 도서관에서 아무하고도 말을 섞지 않고 그저 구석에
앉아 책에 빠져들 수 있어서 좋다고 여기는 사람도 많다. 적절한 익
명성 혹은 거리 역시 도서관에서 누릴 수 있는 특별한 혜택이다. 공
원이나 카페에서는 그처럼 '적당한 신뢰와 편안함'을 담보한 익명성

이 보장되지 않는다. 게다가 살아 있는 책들이 가득하다. 더 맛있는 커피와 푹신한 소파가 있고, 인테리어와 조경이 세심하게 관리되고 있어도 카페보다는 도서관을 다시 찾게 되는 것은 이 때문이 아닐까.

더 나은 세상을 꿈꾸다

몰입과 존중의 힘

물음표가 더 나은 세상을
꿈꾸게 하는 열쇠라면, 그 꿈을 이뤄내는 힘은 공공성과 자발성의 화
학적 결합으로 생겨난다. 도서관은 그 화학작용이 일어나기에 더할
나위 없는 조건이다. 공공성이 일방적으로 주어질 때는 획일적이 되
어 다양성을 담기 어렵고, 대상이 뭘 요구하는지 헤아리기도 어렵기
때문에 밋밋해지기 십상이다. 반면 자발적으로 공공성을 체득하고
실천할 때는 스스로 동기를 갖고 움직이기 때문에 즐거운 배움과 능
동적인 존중, 역동적인 상호관계, 자유로운 상상력이 발휘될 수 있
다. 느티나무에서는 그렇게 자발적 배움과 다양성을 서로 존중하는
관계를 도서관문화라고 부른다.

느티나무가 도서관운동을 펼치는 궁극의 목적은 도서관의 발전이
아니다. 도서관문화가 사회 전반에 스며들어 세상이 더 나아지도록
만드는 데 있다. '문화'라는 꼬리표를 단 낱말이 대부분 그렇듯, 도서
관문화 역시 정확히 뭘 말하는지 한마디로 담아내기 어렵다. 좁게는
한 도서관의 이용자들이 보여주는 자료이용 행태에서부터 도서관
내에서 이뤄지는 다양한 서비스와 활동, 그 과정과 결과, 지역사회에
미치는 영향과 변화까지 폭넓게 아우를 수도 있다.

　우리는 도서관 숫자나 장서량이 늘어나고 공간 디자인이 변화하는 것처럼 눈에 보이는 현상들보다 그 이면에 흐르는 것에 주목했다. 사람들이 책을 만나고 책을 매개로 사람을 만나면서 배우고 관계 맺는 방식이 변화되길 바랐고, 그 실마리를 도서관에서 배웠다. 도서관 방식을 닮은 문화 말이다. 도서관 방식이란 도서관이 운영되는 원리인 다양성, 자발성, 일상성이 작동하는 배움과 그런 배움이 이뤄지기 위한 여건으로 느슨하게 거리를 존중하고 북돋우며 함께 성장하고 대안을 찾아가는 관계를 말한다.

　도서관문화가 힘을 가질 거라고 기대하는 이유는 배움과 관계의 패러다임이 달라질 수 있다는 가능성을 보았기 때문이다. 굳이 거창하게 '패러다임'이라는 말을 쓰는 이유는 그만큼 근본적인 변화라는 걸 강조하기 위해서다. 배움의 패러다임을 바꾸자는 말은 좋은 프로그램을 몇 가지 덧붙이거나 학습능력의 평가기준을 바꾸는 정도를 가리키는 게 아니다. 배움을 가르치는 사람이 주도하는 게 아니라, 배우는 사람 스스로 실천해가는 과정이 되도록 하자는 뜻이다. 아마 도서관 건물을 100개쯤 만드는 것보다 더 어려운 일일 것이다.

　책과 도서관에 사회가 관심을 보이면서 다양한 독서 프로그램들이 등장하고 있지만 반갑지만은 않다. 책을 '읽기'보다는 책을 도구

삼아 논리력, 사회성, 인성, 창의력까지 온갖 이름으로 포장했지만 결국 점수로 연결되는 학습능력을 높이는 데 매달리는 것으로 보이기 때문이다. 도서관에서 진행하는 독서 프로그램들도 아쉽기는 마찬가지다. 아쉬운 건 두 가지다. 몰입과 관계.

영혼을 두드리고 지적 호기심을 불러일으킬 메시지는 뒤로 한 채, 책을 논술교재로 삼고, 독후감이 진부하다고 하면 연극이든 동영상 제작이든 새로운 독후활동을 고안해서라도 뭔가 확인하려고 한다. 창의력마저 학습지로 기를 수 있다고 우긴다. 책과 사람의 만남이 빚어내는 엄청난 일을 눈으로 확인할 수 있는 도구가 과연 있기나 할까? 스펙을 쌓느라 바쁜 일상에 또 하나가 과업으로 얹히면 대체 누가 책을 좋아할 수 있을까.

그럼에도 불구하고 괜찮을 권리

우리는 도서관이라는 어마어마한 배움의 공간에서, 배움이 어떤 것과 다른 어떤 것의 '관계'를 읽어가는 과정이라는 걸 깨달았다. 단절된 개체에 대해 가르치고 단절적으로 평가하는 학교교육과 다른 점이다. 교과서로 시험공부를

할 때는 따분하기만 하던 역사적 사실이, 소설로 읽을 땐 가슴을 두
근거리게도 하고 먹먹하게도 만드는 이유다. 외워야 할 학습과제가
아니라 마치 정지된 스틸사진들을 엮어서 동영상으로 만드는 것처
럼 생명을 지닌 존재로 살아난 인물들이 나의 삶과 의미 있는 관계로
연결되는 경험. 시험범위를 외우고 단원평가문제로 확인하는 게 아
니라, 모든 것이 연결되어 있다는 사실을 알게 되고 그 맥락을 읽는
눈을 뜨게 되는 것이 도서관에서 만나는 '배움'이다. 그러고 보면 도
서관은 참 많은 권리를 보장한다.

> 나이가 어려도 혹은 학력이 낮아도 진지할 권리,
>
> 가진 게 많지 않아도 당당할 권리,
>
> 그 모든 것에도 불구하고 괜찮을 권리,
>
> 인간의 본성에 대해 절망하다가도 사유하고 변화하고 상상할 수 있는 존
>
> 재라는 걸 다시 확인할 권리.

현실은 왜 그런 즐거운 배움 대신 경쟁으로 치닫는 걸까? 지금 시장
에서 막강한 힘을 발휘하는 교육산업의 마케팅 기조를 보면 경쟁을 심
화시키는 뿌리에 불안과 피해의식이 자리 잡고 있는 걸 발견한다. 이

서비스를 받지 않으면 루저가 될 거라는 '협박'. 교육, 보육, 건강 같은 분야의 시장에서 '불안'이 막강한 힘을 발휘할 수 있는 배경이다.

뺏기지 않을까, 밀려나지 않을까. 분명한 근거가 없어도 벗어나기 힘든 두려움은 스스로 경계와 방어의 벽을 쳐서 자신을 소외시키게 만든다. 도서관은 그 협박에 한 방을 날릴 수 있는 강력한 가치를 갖고 있다. 자발성과 상호작용, 공공성의 힘이 바로 그것이다. 가르치고 배우는 사람이 따로 없이 스스로 배우고 서로에게 배우는 과정은 '관계' 자체의 패러다임도 달라질 수 있다는 가능성을 암시했다. 우리가 관계의 패러다임에서 중요하게 여기는 화두는 존엄함이다. 인간의 존엄성을 무한대로 존중한다면 모든 사람은 대등하다. 도서관에서 배우는 존재, 성찰하고 사유하며 꿈꾸는 존재로서 만나는 관계는 대등하다. 다양성과 차이를 있는 그대로 존중하면서 일방적이지 않고 서로 의미를 갖는 대등한 관계는 각자에게 이름 붙여진 몫에 매이지 않고 자유로울 수 있는 조건이다.

아무리 이름난 강사가 만들었더라도 기획된 프로그램으로 얻을 수 있는 학습효과는 제한될 수밖에 없다. 반대로 기획되지 않고 일상에서 우연히 이뤄지는 배움은 그 범위가 어디까지 확장될지 끝을 가늠할 수 없다. 평가가 불러일으킨 동기는 경쟁에 매이게 만들지만,

호기심이 불러일으킨 동기는 상호관계의 역동으로 이어진다. 알고 싶고 알리고 싶고 즐겁기 때문이다. 그런 즐거움 속에서 상상력의 지평이 넓어진다.

함께 흔들리며 살아가다

불안과 피해의식에서 벗어날 방법으로 도서관에서 발견한 또 하나의 가능성은 '공공성에 대한 신뢰' 회복이다. 한국 사회에는 개인주의라는 말과 이기주의라는 말을 거의 같게 보는 성향이 있다. 한 사람 한 사람 고유한 특성과 다양성을 강조하는 건 여전히 도덕적으로 금기시된다. 그런 의식에서 벗어나 자신을 하나의 개체로 분리해서 볼 수 있는 힘이 생기면 좋겠다. 자신을 정면으로 마주보고 소중한 존재로 여길 때 비로소 다른 사람들을 존중하고 배려할 수 있을 것이라 생각하기 때문이다.

도서관 이름 앞에 달린 '공공'이라는 수식어가 단지 세금으로 운영되는 공적 기관이라는 뜻은 아니다. 나이, 인종, 성별, 종교, 국적, 장애, 학력, 무엇으로도 차별받지 않고 '누구나' 지식과 정보에 접근하고 문화적인 삶을 누리도록 보장한다는 도서관의 사명에 대한 선언이다. 이는 절대적인 공공성에 대한 신뢰를 회복할 가능성을 보여주는 표현이다. 도서관이 집도 학교도 일터도 아닌 제3의 공간이 될 수 있는 이유이기도 하다. '제3'이라는 수식어에는 여러 가지 상징적인 의미가 담긴다. 벗어남, 선택, 대안…. 주류에서 배제되어 있다는 뜻으로 해석할 수도 있지만 뒤집으면 '놓여난' 상태, 자유를 의미한다. 놓여날 때 비로소 자발적인 동기가 빛을 낸다. 도서관에서는 누구나 맘껏 책에 빠져들 수 있다. 평가에서 자유롭고 '아무것도 하지 않을 수' 있는 권리가 보장되기 때문이다. 놓여나기 위해서는 '적절한 익명성 혹은 거리'도 중요한 조건이다. 의무나 이해가 얽힌 관계에서는 기대하기 힘든 대화를 가능하게 해준다. 게다가 책은 또 얼마나 훌륭한 소통의 매개체인가.

도서관은 계약이나 거래에서 벗어난 사회주의적 시설이다. 속속들이 시장의 힘이 파고든 현실에서 '쓸데없는' 것으로 여겨지는(다시 말해 돈으로 환산되지 않는) 일상이 가치를 지닌다. 다름에 대한 이해와 존중, 소통과 어울림, 나이와 상관없이 배우고 꿈꾸는 일상이 삶을 얼마나 풍성하게 만드는지 비로소 알게 된다. 일방적으로 제공되는 공공성은 밋밋하고 다양성을 담기 어렵다. 우리는 획일적으로 최저 수준만 제공하는 수동적인 공공성이 아니라 자발적인 실천과 소통과

상상력이 펄펄 살아 있는 역동적인 공공성을 꿈꾸었다. 느티나무가
도서관운동을 펼치는 이유다.

　도서관은 공공성을 '더 적극적으로' 구현하는 데 기여해야 한다.
우리가 적극적인 공공성이란 표현에 담으려는 생각은 두 가지다. 첫
째, 넘쳐나는 정보들 속에서 단지 '정보에 접근할 수 있는 권리'만을
생각하는 것이 아니라, 필요하고 도움이 되는 정보, 개인의 삶과 세
상을 좀더 낫게 만들 수 있는 정보를 가려볼 줄 아는 눈을 갖도록 하
는 일이다. 역사적으로 공공도서관에 부여되어 온 시민교육, 공공교
육의 역할이 그것이라고 할 수 있다.

　둘째, 자발적으로 참여하는 공공성이다. 정보에 대한 접근, 정보이
용에 대한 교육, 공간을 이용할 권리를 '서비스로 제공'만 하는 것이
아니라, 그 모든 것을 시민들이 스스로 할 수 있는 환경을 만드는 것
이다. 정보와 지식이 생산, 수집, 공유되는 전 과정에 자발성과 다양
성이 담기게 하는 것, 그것이 바로 도서관의 방식이다.

　가르치거나 돌보거나 돕는 관계가 아니라 다름을 있는 그대로 존
중하며 서로 배우고 북돋우는, 함께 흔들리며 살아가는 법을 체득하
고 실천하기를 바란다. 느티나무도서관이 서비스헌장을 통해 "이용
자를 왕처럼 모시진 않겠다"고 선언하는 이유다. 책을 읽고 토론하

며 성찰하고 사유하는 사람들의 표정, 언어, 태도에서 뿜어 나오는
기운이 세상을 조금씩 더 낫게 만들어갈 수 있기를 바란다. 그런 꿈
을 꾸고 그 꿈을 함께 나눌 사람들이 모이면 꿈을 이뤄갈 수 있지만,
그들이 사라져도 꿈이 사그라지거나 바래지 않으려면 '문화'로, 삶
속에 스며들어야 한다. 그래서 우리는 공공성을 삶으로 살아내는 도
서관문화를 기대한다. 도서관문화가 삶터와 일상에 스며들어, 이용
자들이 수동적인 정보의 소비자나 공공서비스의 수혜자로 머물지
않고 세상의 흐름 속에서 주체로 살아가면서 자기 삶의 내러티브를
엮어갈 힘을 갖길 바란다. 그럴 때 도서관은 민주적인 시민들이 태어
나는 제3의 공간으로 뿌리내릴 것이다.

꿈꿀 권리

1판 1쇄 펴냄 2014년 6월 5일
1판 11쇄 펴냄 2023년 1월 27일

지은이 박영숙
펴낸이 안지미

펴낸곳 (주)알마
출판등록 2006년 6월 22일 제2013-000266호
주소 04056 서울시 마포구 신촌로4길 5-13, 3층
전화 02.324.3800 판매 02.324.7863 편집
전송 02.324.1144

전자우편 alma@almabook.com / alma@almabook.by-works.com
페이스북 /almabooks
트위터 @alma_books
인스타그램 @alma_books

ISBN 979-11-85430-25-6 03810